微尘里的星空

刘德荣　著

天津出版传媒集团

百花文艺出版社

图书在版编目（CIP）数据

微尘里的星空 / 刘德荣著 . -- 天津 ： 百花文艺出版社，2024.1

ISBN 978-7-5306-8709-3

Ⅰ．①微… Ⅱ．①刘… Ⅲ．①诗集－中国－当代 Ⅳ．① I227

中国国家版本馆 CIP 数据核字（2024）第 009838 号

微尘里的星空
WEICHEN LI DE XINGKONG

刘德荣　著

出 版 人：薛印胜

责任编辑：赵世鑫

装帧设计：吴梦涵

出版发行：百花文艺出版社

地址：天津市和平区西康路 35 号　　**邮编：**300051

电话传真：+86-22-23332651（发行部）

　　　　　　+86-22-23332656（总编室）

　　　　　　+86-22-23332478（邮购部）

网址：http://www.baihuawenyi.com

印刷：三河市华东印刷有限公司

开本：880 毫米×1230 毫米　1/32

字数：180 千字

印张：9.5

版次：2024 年 1 月第 1 版

印次：2024 年 1 月第 1 次印刷

定价：58.00 元

如有印装质量问题，请与三河市华东印刷有限公司联系调换
地址： 三河市燕郊冶金路口南马起乏村西
电话： 19931677990　邮编： 065201

回望、后退与生命的痛感

——序刘德荣诗集《微尘里的星空》

蒋登科

2017 年 5 月，我应约为刘德荣的诗集《身体里的铁轨》写过一篇序言。我在序言的最后写下了这样一段文字："可以看出，无论是对人生还是对艺术，敬畏之心都是刘德荣的基本态度。只有敬畏，才能严肃而认真地对待。他不玩弄人生，也不玩弄艺术，这是我对他的作品的基本感受。有这样的态度和姿态，我相信，在创作上起步并不算早的刘德荣一定还有进一步发展的空间，因为他在驳杂的诗坛上是独特的，不随风，不趋势，有着自己的底线和坚持。我期待读到他的更多更优秀的作品。"我从一个读者的角度认真阅读了他当时的作品，并且对他未来的创作充满期待，当然是真诚的期待。

不过，我这人比较直率，没有什么城府，对于我关注的诗人，往往不只是谈到他们的长处，还喜欢从自己理解的角度，谈谈他们的作品可能存在的不足和局限。当然都是善意的，主要是希望他们可以写得更好。对刘德荣也是如此。

在其后的六年多时间里，刘德荣又出版了第二部诗集《酒杯里的马蹄声》，让我知道他在继续写着。我和他也有过几次见面的机会，最近的一次已经过去了两年多。2021

年3月，他的作品获得了重庆新诗学会《银河系》诗刊举办的第七届"银河之星"诗歌奖，他回到重庆领奖。应诗人傅天琳的邀请，我在颁奖大会上就四位获奖诗人的作品进行了简单的点评。刘德荣的获奖作品是一组乡愁题材的诗。我对这组作品是这样评价的："带着乡村经历走进大都市，人们面临的心理落差有时是很大的，梦想与现实存在很大的距离，于是诗人才有了对故乡的思念，才不断刻画故乡和亲人的美好，依靠这种记忆和梦想来获得心理上的补偿。乡愁是中国诗歌的重要主题，尤其是对于不断奔波的人来说，对乡愁的抒写可以填补失落，可以寻找方向。在艺术上，德荣先生的这组作品还可以做更多的推敲与打磨。好诗不一定需要堆砌大量的意象，诗篇的所有语言、意象、结构、逻辑等都应该以表达诗人的体验而设立，它们之间肯定是通过情感线索、心灵线索连接在一起的，不是随便堆砌，也不是越多越好。"我对他的作品总体上是肯定的，作为一个来自农村的诗歌爱好者，我能够理解他的爱与痛；当然也有批评，期待读到他的更多的佳作。

　　其实，我通过类似的方式指出不足的诗人肯定不止刘德荣，但每个人对待批评的态度却不一样。有些人没有当面表达不满，但之后的联系却逐渐减少了；有些人很快就拉黑了我的微信，甚至写出分行的文字明里暗里嘲讽，意思是我读不懂某些具有深刻现实意义、深远历史意义的艺术探索。我的水平肯定是有限的，我的理解和判断也不一定准确，我谈的只是自己的阅读感想，偏颇之处在所难免。

不过，我一直认为，敢于善意地指出不足的人有时远比说好话的人用心，他们真正希望诗人进行诗学诗意的探索，取得更有特色的收获。至于提出的问题是否得当，完全可以拿出来讨论、争鸣。对诗歌问题的讨论可以提升我们对诗歌艺术的理解，可以把问题讨论得更深入，甚至形成一种良好的学术氛围。让我吃惊的是，在我提出了那么多批评意见之后，刘德荣不但没有拉黑我，而且还时常发来他的一些新作。我在他的作品中看到了新的探索。不仅如此，在他的又一部诗集即将付梓之际，他专门联系我，希望我为这部《微尘里的星空》撰写序言。单单从这件事情上，我就感觉到刘德荣是一个大气之人，一个令人尊敬的写作者，一个敢于面对自己的不足并不断调整、提升自己的艺术水准的诗人。

我喜欢《微尘里的星空》这个书名。"微尘"与"星空"形成了强烈的对比，而这恰好是诗人试图表达的人生处境。我们经常使用"三观"这个词，其中包括世界观。世界观关涉我们的视野。很多人看到的"世界"只是身边的存在，甚至只是和自己有关联的事情，因此，在评价世界、评价自己、评价他人的时候，往往只看到与自己相关、有利的因素，而忽略了我们面对的世界其实是广袤而没有边缘的。有些人总以为自己了不起，可以左右一切，其实在茫茫天宇之中，连地球都只是一个悬在空间的小微粒，何况人呢？只有真正意识到世界之广大、个人之渺小，我们才能认识到自己的地位、处境，才能规划合适的人生道路，才能思考生命的意义。优秀的诗人不一定都要悲天悯人，但一定知道自己的人生位置，明确自己的人生目标。应该说，刘德荣是清醒的，他知道人只是"微尘"，但我们又不能只做"微尘"，"微尘"的世界里也有"星空"。诗歌探索就是应该循着这样的理路：开阔地理解世界，准确地把握自我。意识到"微尘"般的处境，诗人在创作上的立足点就比较稳定，他一定不会认为自己是天下第一，更不会认为自己是宇宙第一，甚至不会以赞歌的方式来赢得关注，而是对世界、他人、艺术心怀敬畏；他不会居高临下地看待一切，而是平等地甚至仰视地对待所有存在之物，这样就可能给他的诗歌带来更多细节的、卑微的体验，带来悲悯情怀，带来很多读者所期待的代入感。而且，他们并不贬低"微尘"，因为在"微尘"身上，照样可能有光彩，照样可能有精彩，照样有属于自己又超越自己的"星空"。这是我比较关注的艺术视角，也是我认为较为容易出现好作品的视角。

刘德荣有一首《山刺》，可以说是他的人生哲学，也是他的诗歌哲学。"山刺"来自于"荆棘丛生的山里"。其实，山里的很多植物都是带刺的，是恶劣的环境使它们进化出了这种自我保护的手段。它们偶然划破了年轻诗人的皮肤，"血流不止"，诗人或许从中得到了某种启示，用"山刺"做了自己的笔名，让它伴随自己的人生岁月，也让它时刻提醒自己。诗人是这样写的：

因为瘦小，你同弱者做了穷亲戚

你写一滴露水，一束阳光，一根狗尾巴草

写梁家塝稀稀疏疏的炊烟

写庙宇。慈悲。骨骼。流水。浮云

写死去多年仍活在尘世的亲人

写被驯服的狗，被宰割的羊，变脸的厉鬼

写即将老去又不愿弯曲的自己

我知道：那一线最低的地平线

才是你我一生的顶点

你竭力描绘的，无非是把我心中虚无的

落日，一次次拽出水面

其实，这何尝不是写自己的人生，写自己的诗歌追求，写自己的人生品格？诗人始终站在世界的最低处，与弱者为邻，与温暖为伴，但心里却充满了不屈的精神和力量。这些细小的、普通的事物，一旦进入诗人的内心，进入诗篇，经过诗人情感的串联，融入诗人的生命体验，就具有了鲜活的艺术生命，就具有了独特的人格魅力。

诗集《微尘里的星空》收录的是诗人在最近三年左右创作的作品，时间不算太长，作品也不算太多，但作品所涉及的题材却很广泛。诗集包括了八个部分，每个部分都有相对集中的题材或者主题，"你喂养我这虚无之身"写的主要是行旅之思，诗人在行走之中感悟现实，思考人生；

"我们是你的从前"主要是怀念父亲的，也包括对母亲的思念，写的是亲情，这些亲情可能是最能够触动人心、最纯粹的情感；"永恒的事物，消失不见"写的是故乡，是诗人对故乡的怀念，涉及故乡的变化，同时也涉及很多变化的人与事，虽然不能说是沧海桑田，但在人的一生中，这种变化还是很明显的，值得不断回味；"那时一呼唤你的名字，就心颤"写的是爱情及其变迁，其间涉及爱的经历、爱的反思、爱的奉献，其中的一首《魂那个词，早已骨瘦如柴》有这样的诗行："这些年，我承认爱得太狭隘／对亲人的爱，一压再压／现在要狠下心来／栽秧拔谷。喂猪放羊。砍柴生火"，我不知道这种表达方式是不是受到过海子的影响，但这里有反思，有调适，体现了岁月带给诗人的关于爱的感悟；"乘时光之船远航"主要写的是人生感悟，里面有很多书写人生体验的，有的可以说是看透了人生，悟出了人生之真谛；"所有的江湖，冬暖夏凉"属于怀念之诗，怀念自己的过往，怀念逝去的人，这是诗人回望人生的收获；"缓缓飘过荷塘"是写给晚辈的，尤其是孙子孙女，寄托着长辈的希望，也有祝福之作，充满梦想和阳光；"疼痛太轻，无颜悲伤"属于社会关怀，涉及诗人所面对的一些人与事，他（它）们和诗人不一定有直接的交集，但他（它）们体现的爱与恨、苦与乐都属于这个世界，成为诗人关注与思考的对象，也是诗人回望历史、反思自我的参照。

可以看出，和过去相比，刘德荣的艺术视野有了拓展。他试图以自己的人生哲学、艺术思考去回望来时之路，反思既往的一切。这种回望是向内的，以生命为底色的，具有深度，因而也是诗的。越是回望从前，诗人越是体会到一种流浪感、漂泊感，有些作品还充满了矛盾、纠结。《我想做一只狼》："如果成真，我这个 / 从桂溪河畔出走的娃 / 须学会与人相处 // 教它学点武功，懂点书画 / 弹得一曲三流水平的高山流水的古筝 / 再鬼画几首哄人的歪诗 / 还要似狼非狼，似人非人 / 要具攻击力，具人性"，揭示了梦想与现实的差异，"似狼非狼，似人非人"其实是一种规训，而"一觉醒来，见好多温顺的羔羊"，写的其实是人生的不易。

在回望之中，诗人发现了过去的美好正在远去，发现了人生路上隐蔽的陷阱，更发现了很多事物的不断消失。《永恒的事物，逐一在消逝》是对家乡的回忆，诗人心目中的"永恒的事物"是"乡音""笑脸""鸡鸣狗吠"，也是曾经出动他的美好记忆，但是这些事物却在消失。诗人写道：

> 多年的奔波，离辽阔近了一步
> 但心中永恒的事物却在逐一消逝
> 老人们一个个走向百年
> 年轻的人，一个个离它而去
> 老宅破败，溪水干涸
> 树上的果实无人
> 采摘，年复一年，掉在地上
> 腐烂着。土地荒芜

只有野鸭还在堰塘戏水，蝉还在树上鸣唱
月亮继续照着幽静而孤单的
村庄和对面坡上
那些茅草丛生叫不出名的坟丘

　　无论是老人还是年轻人，都逐渐在这片土地上消失了，有的回归来处，有的远走他乡，从而导致了一系列的严峻后果，那就是乡村的荒芜。乡村失去了诗人记忆中的热闹、温暖、烟火气。从情感的角度看，诗人的发现是真实的，但这种变化究竟是进步还是后退，我们和诗人都很难做出准确的判断，不过，这种变化对诗人情感的影响肯定是明显的。诗人的自我解剖、自我反思不是自我贬低，而是看到了人生的真相，感受到了数十年奔波之后的失落。他以艺术的方式不断地后退、后退，最后退回自身，退回本真，退回生命的真实。这可能是刘德荣近年来诗歌探索的一个总体趋势。《我的词语》包含着太多可以解读的内涵：

我的词语在我狭窄的身体里待得太久
它们安静，老实，柔软，懦弱
也喘息，徘徊，挣扎
事实是，它们每一横每一竖每一点
都执拗，倔强，犀利，嵌着火光
在酝酿一次真冲锋，在伺机越狱
它们的江山

岂止只是我这一具狭窄的虚无之躯
它们驰骋的疆场没有国界
是广袤的草原，是辽阔的天空
但它们不知道自己一转身
就是险恶江湖
不知道活在我狭小的国度里
其是另一种幸福

安静而又老实，柔软而又懦弱，但同时倔强而又执拗，犀利而又光亮，这是"词语"的性格，其实也是诗人的个性。他的内心隐藏着太多矛盾的体验，而这些体验又没有办法都诉说出来，就像"词语"离开"我狭窄的身体"，看似解放了，"但它们不知道自己一转身/就是险恶江湖"。言为心声，这些"词语"的体验和命运，就是诗人的体验和命运。它们只有和诗人的身心交融，才能获得自己的生命与价值，同样，诗人的人生，只有坚守自己的路向、自己的目标，才能成为真正的自己。

在艺术探索的过程中，刘德荣越来越熟悉诗歌的文体特征，并在尊重这种特征的同时，不断摸索突破与创新的可能路径。这种摸索使他的技艺得到了提升和更新，使他的作品避免出现模式化、同质化情形。虚实相生的技巧更加成熟，在他的作品中，实写手段得到了强化，他的家乡的形象更加清晰，"父亲"的形象从多侧面得到彰显。与此同时，他在"实"中强化了"虚"，一方面赋予语词更丰富的内涵，让词语有了新的意味，另一方面，词语组合的随意性，实现了对散文语法的超越，使语言得到了进一步诗化。大小对应的表达策略使用更广泛，就像这部诗集的题目一样，诗人以置身底层的自我定位，打量世界，反思自我，思考人生，他的作品中出现了很多普通而微小的形象，增加了作品的可感性，但是，对"星空"的梦想、向往，又使他总是抬起头来，将人生之大义融合在各种细微的事物和体验之中，形成了作品的丰富性。他甚至通过声音建构戏剧化场景，复原已经远去的故事。《幸会幸会，喝喝喝》写的是一段旧时经历，曾经或许纯粹而用心，其实存在很多来自生命内部的差异。

> 你们一直说一直说，那年
> 在桂溪河边走丢的人
> 是我最大的相思。切！我说
> 哪有那么多爱还留在城池
> 这么多年，无非是肉身的仓库
> 囤积满锈迹斑斑的惆怅和凄苦
>
> 那些年说的写的，咸呀淡呀。已忘却
> 激情已过，伤痛已过
> 你们说什么泪流三尺？哼哼
> 笑死个人。我，笑了

我说，她不懂诗。我写了那么多

大过春天的桃花，满地的月光

她只字未提。我与她

仅在清风尽，白云散的梦里偶遇过

彼此拱拱手，碰碰杯而已

她说：幸会幸会，我以茶代酒

我亦说：幸会幸会，喝喝喝

　　这件往事在多年之后被人提起，诗人以诗的方式回顾了刻印在内心的过往，其实也是在艺术地复原一段历史。在不长的篇幅中，过去与现在、外在与内在、美好与失落、梦想与结局，多种矛盾、纠结的情绪汇聚在一起，形成了诗歌的戏剧化场景。而且，在作品中插入了一些口语化、生活化的声音，比如"哼哼""幸会幸会""喝喝喝"，这些并没有明确指代的词语，包含着搪塞、无奈等情感因素，看似打破了作品整体上的和谐性，但恰好又在一定程度上增加了语言的独特表现力，将很多无法言说的体验隐藏于这些词语之中，只有慢慢揣摩，才能感受到诗人所经历过的情感历程。

　　总之，刘德荣在最近这些年的安静写作，确实取得了新的收获，在尊重诗的艺术特征的基础上进行了多方面的尝试，努力避免表面化、口号化、模式化，对每一首诗都用心去写，对每个字、每个词、每个诗行都用心去打磨、推敲，努力做到自己力所能及的最好。他的作品中流动着明显的疼痛感，那是岁月之痛，生命之痛，是属于诗人自己的疼痛。他创作的过程，可能就是治疗内伤、缓解疼痛的过程。《微尘里的星空》这部诗集揭示了诗人在面对现实与人生时的后退，到现在为止，他还没有退到退无可退的地方。我相信，当他退到无路可退的时候，就只剩下对生命的观照，对自我的反思，他的诗歌一定会更加厚重，更加具有张力，也更具有艺术魅力。

CONTENT

目录

第四辑　那时一呼唤你的名字，就心颤

第一辑

你喂养我这虚无之身

蜡梅

阳光每照耀一次
惊艳就升华一层。寒风越烈
暗香越盛大，辽阔，荡漾

尘世越喧嚣，你越寂静
这种沉默
滋生出一种润物无声的轻盈之美

千百遍歌的，吟的，谄媚的
都有，真正抵达你内心的，太少

这辈子，好想如你
干净来干净去。我的
欲望，一些像雪，一白再白
另一些，则是罪过

写一行飞鸟之诗

如果可以飞翔，就把命
交给天
横也行，竖也行
可肆意俯瞰身下万丈深渊。爽

如果可以做仙鹤，就不装怪
不与圣贤争位，不与嫔妃争宠，不伤
凡人心。专替吃斋念佛的
打鸣，求欢
爱如白云，爱如苍穹。留美名

可惜没有如果，可惜
做不成神鸟
吾乃凡胎之人，须
磕头一纸薄命

夏之书

今日中伏，准备写一首小诗
驱逐蚊虫。名《夏之书》
为此，马虎不得，儿戏不得
要认真拿捏，构思，推敲
那一词一句，须新颖，勿雷同
昼默夜想。头好疼

这夏，在耕夫，就是汗摔八瓣
在富人，就是恒温26度
在蝉，就是鸣放求欢。在江河
就是咆哮、奔腾，滚滚向前

这夏，到处风吹草动
大虫小虫乱窜

鸟越飞越低。这夏
催物饱满。让天各一方的
夜不能寐。我一样
我伏案写《夏之书》
他们就痛写相思之苦

你喂养我这虚无之身

这个春天，你懂或不懂
它都日抵一日地逼近你
敦促你的激情涌入
融化了向东奔腾的江河

走过太多四季，只有当灵魂
抵达春天时，那些
光芒才会涌入我体内，我
诗里的文字，才一个个鲜活起来

这个春天，我要写一百首
长着羽翼的葱绿之诗
铺满梁家塆的田间地头。坡上坡下
都是色彩的韵律，也把自己梦幻其中

你这饱满的春天，储蓄太多的乳汁
喂养我虚无之身
亲爱的，你这甜蜜之春啊
抚慰我这个痴情的
断肠人。恍惚苦尽甘来

这个春天，我要在暖阳下唱一首蓬勃之歌

这个初春，温暖已浸入骨髓
一些嫩叶裸露刀刃
一些微风显现锋芒
一些柔和的雨，闪烁丝丝傲骨
一些农人，开始耕种

此时，我不关心南方北方，不等佳人
只羡慕那些闷声不响
吃着头茬春草的马、牛、羊、兔
只罗列一堆新词，吟诵赞美
在月寒风高时，曾经空听过的
沉默了一个冬天奔涌而来的
江河。那初生的爱情，那朝着我开放的
春天的每一个朝夕。以及

高滩河跳跃的鱼虾，桂溪河畔鞠躬的细柳

这一生，见过几场腥风血雨
见过一些呼呼的刀枪剑戟。我惋惜
竟没学到半点杀富济贫的勇气
只同沉默的石头，做了兄弟
这正是我一生最不愿提及的。这个春天
我要在暖阳下唱一首爱之歌。这爱
蓬勃而清爽，而透亮

重庆合川涞滩古镇的青石板路

这由一块块青石板铺筑的路
走过许多先人。我想象中
那时渠江的纤夫和农夫
走在这路上，一定是
赤脚或穿着草鞋的
小姐或大家闺秀
一定是穿着绣花鞋迈着三寸金莲的
而土豪、绅士、公子哥儿
一定是骑马或乘轿子的

如今，一拨一拨的后来者
穿了一双好鞋，自在地走在这青石板上
只是千百年来，谁都不曾记起
那些作古的筑路人。唯有

远方来的游人，在心生欢喜

唯有重返故土的游子，在心生欢喜

唯有这一块块光滑而凹凸的青石板，仍在

默默承载昨夜幽深而斑驳的星辰

替筑路人，活过一世又一世

梭磨河

一

梭磨河，你明亮起来或暗淡下去

你年复一年

为嘉绒活着。你是他们前世今生疗伤的良药

千百年来诸如贫穷，疾病，饥饿，血泪，苦难……

已被你打磨成一碎片一碎片药引

许多高远的事物：云彩，飞鸟，落日

在你这里学会舞蹈，飞跃，潜伏

许多卑微的事物：牛羊，花草

在你这里学会低头，顺从。连活在

水里的鱼虾，也在喧嚣里一低再低

二

冬季，你把一条纯净到一尘不染的哈达

悬挂在天地之间。祈福嘉绒

这个时候，你是内敛的，温情的

春夏秋季，你统领两岸赤橙黄绿青蓝紫

妆饰一草，一木，一土，一丘。这个时候

你是澎湃的，昂扬的。这个时候，伫立在你身旁

——彻骨的透彻，即刻凝固我全身的

血液；即刻升起我心中深深的爱恋

这个时候，群山荡漾，百鸟啼唱

而流泪的，只有我一个

三

你这来自遥远之地的天籁之音

用无数温润而柔软的触须

撩起我怦然心动的

希望和无际的遐想。你这一曲

从天上缓缓流淌下来的

永远没有结尾的轻音乐

——美妙而梦幻。你让此刻置身于

音乐王国的我，探寻到

生命源头的来处，让我即刻在时光之末

把万念一同还给青丝和白发

四

你千回百转，弥漫整个梭磨河大峡谷
弥漫田野，村庄，城镇。你吟哦的禅音
让游历于此的人的灵魂，一次次
被电流抨击。你朝朝暮暮的
吟唱，正是我这个异乡人
一生苦苦寻觅的那种神性的
声音：真切，干净，柔润，坚实
一切美好的辞藻，都比拟不了
你的辽阔和久远，比拟不了
你这为爱情喷涌而出的呐喊

唤你一声亲爱的

龙头寨有写不完的春天
赞不尽的白。村庄陷进去了，果木陷进去了
我们浩荡的车队陷进去了

满坡的李子树，托起的白
如雾，漫漫。我们扑进画的廊坊
无需写诗哩，再美的辞藻
已无力写出满坡丰满的爱情

一朵一个词，一束一句诗
一树都是一首不同的诗篇。哦哦
龙头寨，我该唤你一声亲爱的

今夜，这里的黎明悄悄

今夜，不在别处，只在
石林小学。这里的雨露，正好
滋润我半生跋涉后的沙哑之嗓
适合把破败的行囊遗弃

今夜，整晚星辰明亮，适合
把喧嚣放进石林小学这洁静里
今夜，不再另辟蹊径

今夜，不在别处，只愿与孩子们一同
吟诵，吹口哨，看他们
的眼睛和月光，星星一起闪烁
同男老师们谈点奔波之途的
疼痛，谈点国际大事。同女老师们

谈点锅碗瓢盆，谈点妩媚
想听他们谈一谈自己
壮丽的爱情。让我跟着
轰轰烈烈，泪流满面一回

你们的星辰缓缓亮在远方

石林小学阳光干净

星辰干净。绿叶干净。雨露干净

这里离虚伪远，离喧嚣远，离天近

孩子们每一颗玻璃通透之心

都能照亮这里每一个黑夜。欢笑

能填满山里空荡荡的静和寂寥

我无法回到从前，无法模仿

你们的纯真。但这些笑语，欢歌

却激活我这一具枯槁之躯

在石林小学，看见少年的自己

奔腾不息的热血，同你们

一起燃烧在时光的长河之中

你们乾坤小：仅有16.5亩地

你们乾坤很大：拥有这里整个蓝天

每一束微弱灯火，都高过城里每一盏
辉煌之灯。你们怀揣的
星辰，亦将缓缓亮在远方

你们是寂静而飞扬的词语

春天里，太多奔奔前程的，在路上
石林小学64朵花蕾很幸运
21个护花使者很幸运
你们阳光正好，春天正好

孩子的眼睛，老师的眼睛
是灯，是炭火，发着微微的火光
全是寂静而飞扬的词语

夜里，大小85盏灯闪亮
宁静的校园就在这无边无际的
黑暗里鲜活起来
连安身立命的花草，果木
都鲜活起来。栖息在地下、树上的

虫鸟鲜活起来。高高的旗子
也在黑暗的阴影里歌唱
风依附着这些光亮，与春天
互为依恋。彼此暖暖的

你们的诗和远方

——写给石林小学的老师们

这里没有晨钟暮鼓的
回声，唯有窗外的山水，果木
艳丽，端庄。唯有石林
唱歌郎千年悲壮的绝唱浸满
校园。这里没有轰鸣，妖娆，唯有
花草的柔媚，温顺，旭日的
光芒。唯有沉默的山河，唯有
未来孩子们的龙腾虎跃

"我们愿意一直扎根乡村教育"
你们说，要书写一个美丽的传说
就得从困苦和疲倦里爬出来
伤痛，从未握住我们的泪水

你们说，在干净的蓝天白云下
笑着陪孩子们过好每一天
这是一件多么幸福的事。说
不求功德圆满，一切都在
萌新，生长。萌新，生长的
还有孩子们的诗和远方

你有一双发光的眼睛

为了懂你，我要去唱歌石林久住
请教千年的唱歌郎
学一首歌，唱哭半生悲欢离合
去"一柱擎天"，红花山、大钟山、双乳山
摘第一缕霞光，擦亮黑色的眼睛

这个春天，沉默的花朵带着欢愉
溪水翻滚。在石林，我走你走的路
呼吸你的呼吸，慈悲你的慈悲
在石林，疲惫你的疲惫
唱你唱的歌，欢喜你的欢喜
你的山径，是我四季的必经之路

为了懂你，我要去牛石寺上香

去门镇寺打禅。祈祷一团火的涅槃
做残雪的化身，浸润石林每一寸土
写出山河的厚重，果木的清香，落日的
疼痛。陪黄昏，滴尽最后一滴血

永远的先生们

我们五月去的。正是蔷薇，月季，玫瑰烂漫
三苏祠之际。一千年后，伟人来兮，农夫来兮
有蓝眼睛有黄头发。诗意很浓
来这里给你们叩头的，灵魂飘飞
他们欲隶属于眉州，欲做你们的后裔。因你们
是眉州的，四川的，中国的，世界的

万古流水无情，浪淘尽无数英雄豪杰。唯眉州
不倒，唯苏氏不倒。你们激昂写悲悯，写
人间正道。向百姓鞠躬，无畏权贵
惊涛拍岸，卷起千堆雪。你们
笑大江东去，笑人间沧桑。浪漫依旧，豪迈依旧
以国为荣，以民为贵。写不尽的江河
描不完的日月星辰。书画翻卷，歌赋浩大

后人学"泰山崩于前而色不变"。叹
"人生如梦，一尊还酹江月"。悟
"法行于贱而屈于贵，天下将不服"
你们背光坐在世界的另一面
像三尊慈悲的佛。我今天阅读的
繁茂，昌盛，因此而肥美
阅读的细微，柔软，因此而温暖

喜爱的事物依然年轻貌美

那一年，三月的暖阳，穿过
春天的身体，来到龙泉山
桃花们，因此而富有灵性，因此而极具光彩

那时，满山的桃花，摇曳在枝头
醉了一方山水。只是
我这个异乡人，正挣扎在奔波之途
无力写诗，无力寻到赞美之词
无力做桃花梦。只是
无言以对，红的白的粉的芬芳

今天，桃花们，依然在燃烧
依然在描绘春天的山泉镇
描绘满山遍野无声的、有声的妩媚

遗憾的是，如今的我早已被岁月掠走了
最响亮的那一部分。但仍不影响
这个傍晚，我依旧坐在
山泉镇秋栖民宿的园子里，畅饮
桃花酿的蜜酒，并透过眼帘
的缝隙，欣赏桃花们艳丽的生命
同万丈霞光，一起灿烂

桂溪河

他们给你两岸配上有龙有凤的石栏
许你两岸婀娜的杨柳
可你依然瘦弱，如当年
裹脚的外婆，越来越矮小
细声说话。迈着碎步

现在的你，波光不在，轻舟不见
只有明月山落日的余晖还继续照在你身上，只有
微风还轻拂在你脸上，只有
蜻蜓还围着你飞舞
偶尔也有白鹤掠过你的头顶

面对你现在的枯竭
想到自己颓败的一生

我们同病相怜。我们
一如既往地爱着彼此坎坷的一生

我的成都

八月的火焰刚走

九月，整座城，万千空巷

两千万人，瞬间隐身

只有飞鸟，掠过寂寥的天空

庆幸，大街小巷的霓虹灯

替我们守着夜的孤独

用尽好字好句才能赞美的大都市

此时披着忧伤的外衣

高楼大厦，仰眉亮目，燃烧起悲愤

只有蝉鸣，只有蝉鸣

在用力擦亮，万千家秋夜里的窗扉

此时，静默的还有石头，果木，花草

庆幸锦江，府南河仍在替你

流淌奔腾不止的热血

替你，也替我们绽放花朵，呼唤爱情

庆幸，有那么多逆行者

庆幸，我们此时可以俯下身来

学高僧诵经、大师布道。学老子、孔子、孟子

庆幸，我们还能拜天拜地，敬先人

也许雾霾来，火焰来，病毒来

但仇恨不会来。山河还在

这样的时刻，须来一场暴风雨

向着我们生命的内部敲打

让重生的光芒

漫过树林，土丘，溪流。漫过

文殊院、金沙遗址、宽窄巷子、草堂、武侯祠……

漫过人心的荒芜。漫过你每一个角落

一个归来者，宁静如水

八月。酷暑。难熬
这里虽鸟啼稀少，但草木丰盈
三合湖裹紧巨大的身躯
出奇的静，湖面的水冒着青烟
像要来一场大爆炸

这里空气凝固，不见一个垂钓者
偶尔有一只孤鸟掠过上空
偶遇暴风袭来，落叶纷纷坠入湖面
飘荡它们轻盈又无可奈何的一生

天渐暗，一个归来者站在湖边
无语。那些宿醉，早已随风而逝
看着落日无声，时光虚无
他觉得心，亦越发轻，亦越发空旷

春天里

当我站在三合湖边翠绿的柳树下
望着偌大的湖面时
脑海里即刻浮现那年在圣女湖边
看见的那一株立于湖边的垂柳

那是在春天里，霞光微闪，每一条柳枝
均长出绿茵茵的小芽
甘露附体，闪着耀眼的生命之光

那时，刚好爱情诞生
迷幻着一个人和另一个人
仿佛那样的春天，最适合爱情生长

现在秋末了，大地一片金黄

所有的事物长得饱满，充满激情
欢喜的人越来越多

我站在三合湖边，望着蓝天
此时微风袭来，仿佛是遥远的圣女湖边的柳树
在向我细说那时发生在它身边的爱情

此时，我只是沉默和冥想
沉默的还有头顶飘移的白云
缓缓地，敞亮一个人的心

圣女湖有盛大的爱

它许一个人写下无尽相思

初遇，圣女湖如少女
似从沉睡中醒来。一个
邂逅，让它情窦初开
春天美，让梦发芽和生长

湖里的月亮星星
替一个人藏着心事

白鹭和蛐蛐儿，替一个人歌吟
湖边的翠柳低着头羞涩

一个人在湖边徘徊

盼另一个人，从这里经过
彼此说一些傻傻的话

旭日缓缓升起，好一个良辰
美景，呈现在湖面，令人无措

故人，故事，异乡

黑夜里，一个异乡人
不知疲倦地盯着一个方向
想故人故事

月光漫过来，微风漫过来
圣女湖将一个人盛大的
思念，荡了又荡

春天和秋天，让这个在黑暗中的人
看到了最新的绿色和金黄。每一刻
他总能听见另一个人的呼吸和脚步声

一个人的心，尽管
被孤独，酸涩，焦虑填满

但有相思陪伴，憧憬，希望也伴其一生

这是一件值得庆幸的事

唯有你才是我的灯塔

眼睛越来越酸痛，干涩
视线模糊，看什么都重叠
但干枯之躯仍怀揣一颗童心

前行之路坎坷，泥泞，没有尽头
幸福不知在何处
唯有三合湖藏着不熄的光芒

我用三合湖的水，将眼睛洗了又洗
所有模糊的事物逐渐清晰，透明
盯着湖面，常想念梁家垮那些
月色之夜和春天布谷鸟最响的鸣唱

脑子里常浮现故乡的铧犁，风车

煤油灯下苦读的少年
外婆小脚颤巍巍的碎步。亦反复
咀嚼表叔表婶苦中有甜的爱情

静观三合湖上空，自由振翅的
蜻蜓，蝴蝶，白鹭和湖里的波光闪耀
悲中来，喜亦从中来

第二辑

我们是你的从前

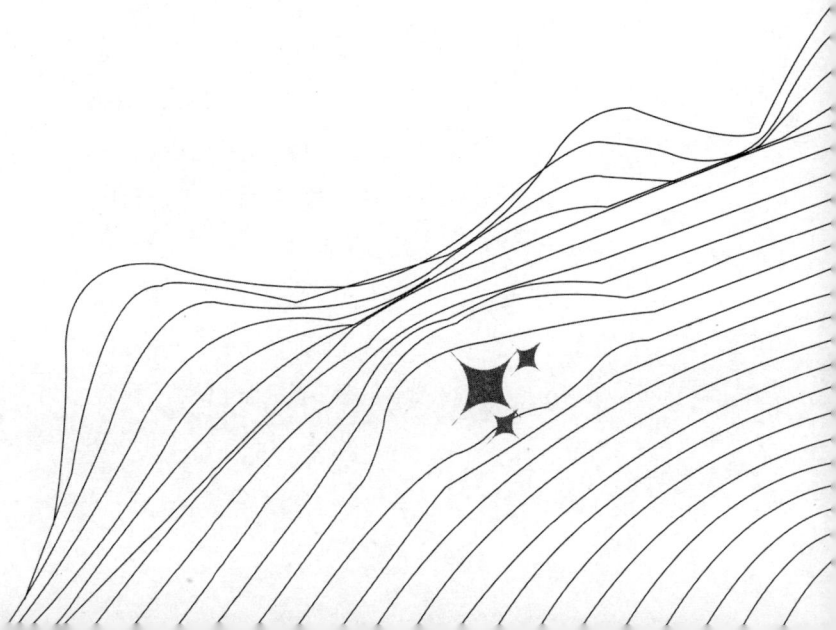

我们是你的从前

这个年，是你在那个世界第一个年
本该到西山坡给你叩响头的
可回不去给亲人叩响头的，太多
老爸，你行走江湖多年
你得原谅这个装怪的人间

这个年，在重庆成都等地的后人
已委托垫江的四哥四嫂给你拜年了
老爸，你也算春风拂面。俺家
香火旺，都会好好活哩

喂——老爸，我们心里装着你和功德
继续活在慈悲和热闹的尘世
学你喜光，与闪电为伍。爱如潮

玩命迸发，赞美。最后
学你卸下江山，捧一颗禅意之心
去推开千年的佛门

年的欢乐，多么悲伤

这个年，我的父亲没有香烛，没有鞭炮
听不到亲人的叩拜之声
听不到桂溪河的哭泣之声
无月之天，空而清净。只有西山坡
不老的松柏，茂盛的茅草
立在寒冷的风中
陪永远94岁的你。沉寂

活着的母亲原谅了
悲切切的人间和
回不了家的儿孙

一想到那天凌晨送你上山
在细雨绵绵的黑夜，我抱着

相框中的你，想到你的

一生如此地轻

这年的欢乐，就无比悲伤

清明节，我对父亲说

准确讲，您的第一个清明节
我得不留遗憾。驱车396公里
到您跟前叩三个响头

前几天，德英妹夫妇已去西山坡
替在外地回不来的姊妹们
喊着挂了青。但我总觉得
这桩大事于我，仍未了

您给予我的厚爱，这一生
都用不完，得还您一些。当然
这些年，我也将这些爱
赠予了一部分给您的孙孙们。我想
他们用不完，也会赠予给重孙们

今晚睡不着，半夜爬起来

在白纸上，写下这么几句分行

我与父亲，互为想念

带不走故乡浩大的江山

就怀揣一张垫江地图吧

在图上西山坡相应的地方

圈一个圆点

忍不住想念时，就紧盯那圆点。同样

买一张成都地图

在会龙路相应的地方

也圈一圆点

给地下的你

从此，我们互为想念

这一生，只有一件刻骨铭心的事

这一生，念想的东西太多
刻骨铭心的却太少
不是初恋，爱情，美人
而是父亲离世前
呼唤的那两声"三……三……"①

我曾为父亲的父亲送过终
可父亲离世我却不在身边
父亲弱弱的两声呼唤，必将痛我终身

———————————

① 父亲病重住院期间，我曾陪护他很久，刚离开他回成都一
天，他就在昏睡中，这样弱弱地呼唤我："三……三……"（我
在姊妹中排行老三），五妹德英录的几秒钟视频。我至今保存
在手机里。

或许，我也将会在那样的时刻
分别嘶喊不在身边的
洋儿和念儿
……也许两声，也许更多

多想看到父母的爱情

那个年代，他俩手无寸铁
命软。常躬身于苦难
背光逆行，在黑夜里赶路
半个多世纪，他们
一直被生活逼着在退让
矫健退让给迟缓，青葱退让给衰老
像晨曦退让给黄昏，炊烟退让给村庄
直至去年父亲离世，我们
也没看见过他们的爱情

今年清明节后的一个雨天
母亲佝偻着，一个人去西山坡
看独自躺在那里的父亲
或许她对父亲说了许多生前没说过的话

或许说到了我们从来没看见过的

爱情……

我们得替你活够

敬重你遗物里的几个小红本
几十年的缄默和寂静。羡慕
它们不曾老去。羡慕
它们能替你活到你说的：百岁

老爸，你耿直了一辈子
去年甩手走了。把没活够的时间
留给母亲和我们

现在我们不再悲伤，狠下心来
爱人间。继续躬身
或十年，或二十年，攒些银两
置几亩田土，盖三两栋小楼
在垫江回龙场，忠县仁和场
做个小富的人，春风十里

中元节

昨晚梦见香烛光亮
梦见长眠地下的父亲问我
人间还是那么热闹啊
处处金碧辉煌么?
我窃语:有钱的多,缺钱的更多
只是富人各有所爱,穷人各有所恨
只是爱亦不够恨亦不够

又梦见一些仇人,恶人
和几个忘恩负义的
有的顺风顺水,有的穷困潦倒
我在梦中替他们欢喜和焦虑。愁了又愁
衷心祝福他们越过越好
超过将相呀,超过帝皇呀

一代接一代好下去，逍遥下去
但我要远离他们
死不往来。绝不在梦中相见

不再写悲伤的诗

——写给父亲的周年祭

你在世时，我写过悲伤
你离世时，我写过哭泣。今天
周年祭，给你念一遍碑上的人名
给到不了场的儿孙带来低头的怀念

给你说说几件高兴的事吧
上天的也回到了地上
好多敲锣的打鼓的献花的
打了几个老虎
好多拍手的称快的推杯的换盏的

母亲身体尚好，只是缺了你病痛时的
呻吟声，略显冷清
刘家香火旺，又添了两个孙孙

儿女们都得了新福

挣金银丁点，仅够吃够穿

今天

也给苍天敬三炷香。我们知道

这都是假的，真的是：不断

有人升天，不断有人呱呱坠地

说说光宗耀祖的事

父母养了我们八个儿女
四世同堂，也算光宗耀祖了
逢年过节，儿孙一大堆
欢声笑语一大堆。其余时间
家里只剩二老。只是
我们偶尔会同母亲通通电话
这时，母亲就会喊父亲说两句
但他总在电话那边摆手。无话可说
凡团聚，他又说个不停
要牢记，手莫伸，勿乱来
去年94岁的父亲撇下91岁的母亲走了
半夜走的，我们大多不在身边
只有生活在垫江的四哥四嫂送了终
比起一生操劳这个大家庭的老父老母，我属

无能之人，面对他们的衰老和死亡

还在写一些无用之诗

光宗耀祖的事，八字无一撇

他在天上撒下一地碎银

我的中秋
再无十五的月亮十六圆之说①
老父已去了天堂
爱的人走了，被爱的人依旧喘息

此时，老父在路的那头
我在路的中间
儿孙在路的这头

活着的我，顺从了矮小。狭窄
忽略了青山，绿水，鸟鸣，鲜花

①父亲生于 1927 年农历八月十六日，逝于 2020 年农历九月
十三日。

忽略了过往，路口，辽阔，时间。可我

忽略不了颓败，荒芜

忽略不了古寺里的诵经声

忽略不了他在天上

撒下的一地碎银

他低头看我们，无话可说

原先，一到八月十五
就安逸就舒坦
儿孙满堂，欢声笑语满堂

现在，一到这个日子
就莫名的惆怅
儿孙还是满堂，欢声笑语还是满堂
而所有的日子，则少了一个人

他天天看着地上
苟且的我们与喧嚣的尘世
日复一日地博弈

父亲站得高，在老屋的墙上
住得也高，在天堂

羡慕不再爱恨的父亲

不能对世人说的话
就去西山坡对父亲说

我曾举起右手，发誓
永不背叛。今天
很可怜自己毫无风骨的爱恨
不能说

严寒之冬，许多人在抱团取暖。另
一小撮，在偷窥
他们眼睛歹毒。让多病的尘世
疯长火焰，泛滥杀戮
我不得不捂紧伤口
继续在尘埃里煎熬。学小草

弯腰，沉默。学萤火虫
用微弱之光穿越黑夜之洞

羡慕不再爱恨的父亲，羡慕他
用那边的黑，把苍白的人间挡在外面

我不再替您难过了

真不再替您难过了
泪也不流。要把泪留给自己
哭丧自己，哭丧这多病的人间
真替您欣慰
94岁，算是一座高峰了
踮起脚尖，许多人一辈子都够不着

知道您独自一人躺在
西山坡，有些冷清
但那些茅草，野花，松柏的子子孙孙
都在陪您。或侧身，或低头，或弯腰
它们对您多谦卑呀

您若睁眼看这红尘，到处灯火通明

白天：红一片，白一片，黄一片

夜里：亮堂堂一片

碰到的，多半是人模狗样的

若哪一天碰不上一二妖怪

那绝对算运气好

我们为活着的母亲，感到幸福

冬月23日，北方一定雪满天
南方多不见雪，只是寒冷而已

今天韶山小雪，西北风6级
让我突然想起1976年9月9日华夏大地上
惊天动地的哭泣。今天
韶山冲每一片雪，是苍天
献给一个老人的颂词

今天垫江小雨，成都雨夹雪
每一滴雨水，是苍天恩赐予母亲的甘露
每一片飞雪，是苍天馈赠予母亲的生日歌
91岁母亲仍健康活着，她是我们的幸福

昨日许多人过了洋节（圣诞节）
而此时尘世则需要祈祷
今天韶山冲的，成都的，垫江的
每一片雪，每一滴雨，每一丝风
都是苍天美好的祝福
为长眠后的一个老人，为活着的
我的母亲
也为普天下。我想

母亲也算一个伟大之人

年轻时在定州当兵，去过北京多次
那时，天安门城楼不对外开放

1999年，同母亲去天津办事
路过北京时，我用120元买了两张门票
领她登上天安门城楼
站在毛主席曾经站过的地方

母亲默默巡视着，没向下喊话也没挥手
但我仿佛觉得她向天安门广场挥了手
仿佛觉得她说：我们来自梁家坞，我们
从此站起来了！仿佛觉得
天安门广场上有百万人在欢呼

母亲生下我们八个儿女。现在
儿孙成群，三十多号人。活着的
91岁的母亲，就是一个伟人
她带我们享太平盛世

我很羞愧这样的敷衍

——写在5月8日母亲节

我知道，今天
91岁颤颤巍巍的母亲，一定在桂溪河边
望我，望我的电话
望我突然出现在她跟前

可悲的是，我仅仅只是借来蓉城五月的
一丝阳光，写一首光明之诗
送给已经开始弯腰的母亲
送给父母曾经贫穷、苦难的过去

今生，写不完他俩一生的奔波之苦
写不完我对他们的亏欠
（断断续续离开他们近30年）
或许，我能将佳词绝句写得无限好

或许，每一笔每一画写得无限好。或许
也能敬给活着的母亲
也能吟哦给逝去的父亲

事实是，这些诗句，一文不值
——母亲只字不识
——父亲早已化作一缕青烟

可叹的是，我这个总睡在别人故土的
异乡人，很羞愧自己这样的敷衍

宁静

这些年在省城的喧哗

怎配得上和母亲

无事久坐的美好。现在

每次同母亲在一起

她的话越来越少。我不知道

她在这宁静里想些什么

但我常常在这宁静里

想起自己颓败的前半生

想起她一人在垫江孤单长长的黑夜

想她木讷和无助的样子

想到我陪她的日子越来越少

就心生疼痛

想到这宁静里总隐藏一种

爆发，就心生悲凉

陪 92 岁的老母亲煨火

三年了，终于回到你这里
围着一堆火。三年前
父亲在世时的每年春节
众儿孙会围着老父老母煨火
那时父亲总对我们唠叨
听党的，手莫伸
在垫江老家陪母亲温暖一些
冷冷的事物。当我们
再次围在母亲身边时，她那
雕刻般的条条额纹
犹如我们各自的每条生命之途
让我们心里的湖面
顷刻荡起生活的波澜壮阔

第三辑

永恒的事物，消失不见

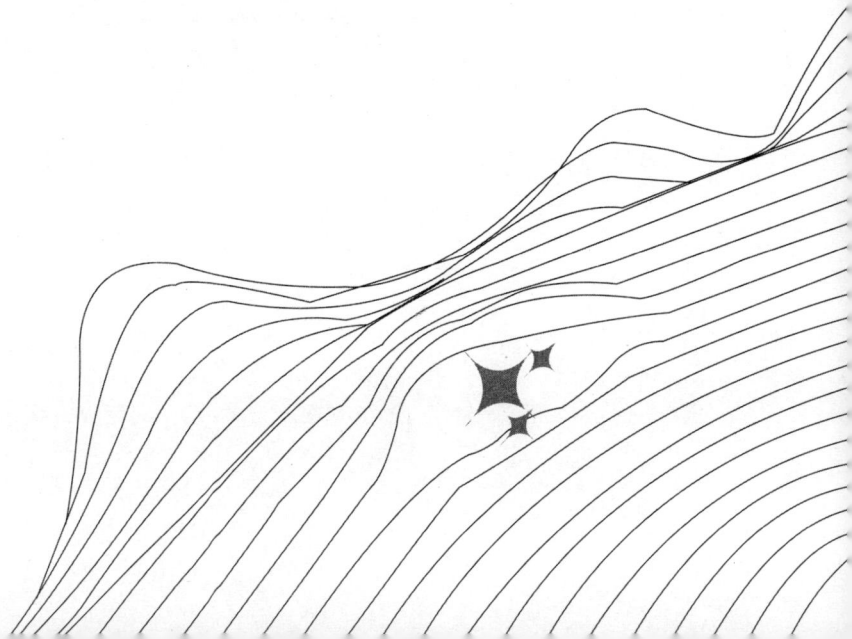

我和梁家垮

和着它的人和事，和着一生的苦难
足够写一部小说
没有荣光也是可以写的
这是一个人眼睛里抹不去的影像

在时间之船的尾巴上
细数昨日挥之不去的星辰
并夜以继日地数着终点的光晕

一生太短。我对自己说，二十五年后
如果还活着，一定还来续写今天的故事

那时，90岁的我
还能唱响春天的歌谣么？

跨过两个世纪的人，应该是幸运的
一个经历过灾难和盛世的人，是幸运的

我曾在阳光明媚之时活过生涩的昨日
曾在春暖花开之时活过浅薄的今日
现在我离生越来越远，离死越来越近
而爱与时间，深藏其中

趁有力气还没有遗忘
那些微不足道的往事，趁记忆
还没有完全消失，应该
一一过一遍，这是多好的倒叙呵

陪我终老的，除梁家塆的
野花，田畴，枯井，溪水，竹林
弯弯曲曲的泥泞之路外，还有
长满茅草的一坡坡一垄垄的热土

时间是一剂良药
一生的坑坑洼洼，被它抹平

我在同一个地方跌倒过多次

也在同一个地方爬起来多次

而陪我浪迹天涯的，始终是梁家坞

我这瘦弱之身，岂敢再断了这念想

这些年，那些朝阳，雨露
总围着弱小的你
那些桃花杏花梨花李花樱花
从不因你的嶙峋而停止盛开
鸟，蛙，蝉，牛羊猪狗鸡鸭鹅
从不因你的贫穷而停止吟哦
蛐蛐，蝼蚁，它们
从容地围着你晃来荡去。白了
又白的茅草，陪你活过一生又一生

这些细微的事物，日复一日
也喂养一颗漂泊之心
它们让一个入乡不能随俗的
瘦弱之人，不敢断了这些念想

怕身体愈发的枯萎和轻
无力承受这些念想

伪装着写诗

那个离开梁家塆的娃
在他乡奔命，在他乡写诗
写悲悯。写冷雨，落日。写阳春白雪

那个娃，累着苦着。这个春天
伪装着虚幻的邂逅。哄自己

那个娃，回到梁家塆
会不停地写梁家塆的人
写那里的淳朴，包容，善待
写它的孤单和春风拂面
写空荡荡老宅里闲置的
铧，犁，锄头，镰刀
写它们寂静的锈蚀

那个娃离开梁家塝，在黑白相间的
尘世，磕磕绊绊地活
常低头背光而行。写歪歪扭扭的
诗，写戒不掉的伪抒情

好像快忘记了

原以为进城几十年
穿上洋装，会咬文嚼字
衣兜装点碎银，住上洋房
就是城里人

这些年，忘了在乡下
兄弟伙吆五喝六，泥裤管一高一低
抽着叶子烟，喝着老白干
浑身很自在的样子

忘了那些炊烟。流水。花草。润泽
忘了鸣叫的布谷鸟，跳跃的猪狗牛羊
忘了傻表叔每天佝偻着身子，在堂屋门口
向着门外的清晨和落日，咳嗽不止

忘了它的质朴。蓝天白云

忘了它的金黄。葱绿。平静如水

忘了秋高气爽，把我

罩进它的袍袖之中饱满的日子

忘了离开那片黄土时，怀揣的理想

只是这些年，一直没敢忘记

我来自梁家塆乡下

我的战栗重过密林里的宁静

在这高山流水处
我替母亲寻觅到先人的终点
重拾到母亲的起点
树林缝隙处遗漏的光芒
如远古生命闪现

看着岩下双河水库湖面上
抖动的夕阳和密林里的宁静
让我顷刻想到
夜里月光洒满窑柴坡窑上的
美妙。想到那条被灌木丛
覆盖的通向山外的小径
也曾走过无数草莽和英雄
心里便有一种震颤

不仅仅是叹息

我坐在窑柴坡窑上
（这里65年前已没了人烟）
87年前母亲曾坐过的石梯上
一股凉，浸入体内
看着满目歪斜的残墙断石、墓碑
和倒在地坝里的枯木，被层层
苔藓所拥抱，我叹息
没有任何事物可以共三光而永光

我无从感知母亲年幼时在此地的
欢愉和痛楚，但分明觉得
这每一寸土每一寸光，雨露
花草，山顶隐去的太阳
窑上月亮的银辉四射

茂盛的果木，都是庇护今天

明月山子孙的巨大福荫

叹息这被岁月删减的先人的前世。惊叹

这流水，星光，野禽，都有飞跃之身

叹息自己缺一颗悲悯之心

窑柴坡窑上夜晚的月亮

1958年，驼背二外公一家
是最后搬走的田氏家人
65年后，这里裹满苔藓的
每一块屋基石
如先人般让我敬畏，崇尚
我与先人彼此不知，却又彼此凝视
恍惚听他们向我说
下面无新事，人间好闹热

这里的竹林，野果，茅草，芒刺，绿蕨
深埋在尘土中的残垣断壁，瓦砾
无不依附着6岁母亲别离时的忧伤
那疼痛重过她6岁前所有的梦
我仿佛看见窑上夜晚

升顶的月亮，又大又白

干净得胜过我年轻时的理想

轻软无声

母亲一生的悲欢
是从她6岁时与窑柴坡窑上
一瞬的离别开始的。冥冥中
那是专属于她的宿命
从此，她走过的每一天
都是岁月长河中那唯一的
一天。我们又何尝不是
比如今天，我陪她到87年前
离开的窑柴坡窑上寻根
就是母亲和我，一生中的
唯一，其他每一天都不可叠加
而此时我用诗歌婉转舒放
这唯一，又实在轻软无声

明月山的春天

窑柴坡窑上的古树像古琴

神灵和万物聆听它撩拨

空灵之音。双河水库湖面上

鸟鸣传得好远。李花梨花

裸露雪白之身，桃花伸出爱情之手

天高云淡。一些事物

胆大跃上明月山

春天的枝头

人与植物，春风，阳光

彼此交换祝福

一到春天，明月山就肥美

而我虚渺的诗行，唯有痉挛

安静生长

这里密林长着伟岸之躯

太阳落地生辉。湖水安稳

不见虫跳，不闻一丝鸟鸣

风如过客，白云匆匆

神仙也惊悚这空荡的山谷

不敢久坐哩。窑柴坡窑上寂静得

只剩我一人的心跳

悬岩，残垣，碎瓦，枯木上

苔藓疯长，像压在地下

千年，悟空悔过自新的子孙

横空出世。它们闪烁绿色的眼睛

替田氏先人守着苍凉，寂寞

人间能容忍这些贱命安静生长

总算多出一颗慈悲之心

我愿独自静坐到天亮

如果回到桂溪河

如果每日在斑驳的老宅里

升起炊烟，并遥望

明月山干净的月亮和不安分的星星

以及忠子寨风雨交加夜晚中催人泪下的

闪电，独自静坐到天亮

是不是乡愁就没了？是不是

人间从此就少一个思乡人？如果是

我愿替无数个思乡人，释怀

他们的乡愁，释怀命中那些恩恩怨怨

替他们守望，一个又一个不眠之夜

替他们在寂静里，数越来越多的白发

一遍又一遍，梳理逝去的惆怅和落魄的往事

独自静坐到天亮，坐成

无数个思乡之人。让他们在异乡

安心奔走

这真是一件值得庆幸的事

这些年，常想它的平庸，俗而小
想秸秆、枯枝在灶膛里噼里啪啦燃烧
想晨露挂满太阳，野花满地
想鸡鸣狗吠布谷鸟声
已成一种习惯

想傻表叔常盯的
那一轮落日。想留守的
几个老人，背靠在老黄桷树下养神
想那几只麻雀在院坝里七躬八翘戏闹
也成一种习惯

想这些年，一颗卑微的
游子之心，还贴着梁家塆的心跳

常给它写几句赞美诗

想百年后能回到它身边

这真是一件值得庆幸的事

仿佛依然被老父亲统领着

以前每次回乡祭祖
三十几号之众的刘家
总是被父亲统领着

父亲是94岁时走的
那天凌晨，看他们抬着父亲的
棺椁，慢慢走向西山坡
仿佛觉得我们
又一次被老父亲统领着
回乡祭祀

我想，百年后
我也被人们抬着，后人们会不会觉得
我也像94岁的老父亲那样

统领他们回了一趟

老家，参加了一次祭祀？

也算一件天大的事

外婆一生很少种稻谷，一个小脚女人
爬坡上坎，干不得重活
她只种少许蔬菜瓜果维持生计

1977年我当兵第一年
外婆就把自己种在梁家塆坡上
一块种过蔬菜瓜果的土里了
因为缠脚，母亲怕外婆出不得远门
就把外公的坟
从封家塆迁到了她坟旁

外公很早就走了。外婆未再嫁
她只生了我母亲一个
母亲说，外婆常唠叨，他俩生前相聚太短

死后，一定要把他俩埋在一块
母亲果然遂了外婆的愿

此生，我每年会替91岁的母亲
给外公外婆叩首作揖，上香烧纸

如愿

——同仁忠傻表叔合影

在我再没有力气奔波之时
就和你一起平躺在
梁家塆那一坡的绿上
一同厮守寂静。黑夜里
一起仰望星星
拿混浊之眼，看日升日落
不再提美人，不再提三千江山

这些年来，今天第一次紧握了你的手
咱俩第一次并排坐在老宅门槛上
抽烟，说完了前半生的话
合影时，心情都大好
你痴痴地笑。现在每次见到你
总有一种冲动：做个傻傻的人，如你
无牵无挂、幼稚地活

一个返乡的人，白了头

一个小手术，让我坐不得站不得
这些天，山转水转。脑海里
晃来荡去好多故人，新人

梁家塝的风，吹走那么多先人
一到春天，就把池塘，水田吹成翠绿
茅草们也以卑微之身顶着天空
一到秋天，梁家塝满坡满地都是金黄
每天，那些晨露都深藏隐喻
每天，落日依旧滑入山丘那边

此时，我在寂寥的夜
看月色挤进瓦片的缝隙，龟裂的土墙
想象依附在村庄，田野里的空

想象天边闪现的雷电，划破巨大的空

……正当我遐想之际，陡见

一个拎包的返乡人，蹒跚而来

如我，衣着朴素，白了头

马蹄寨的传说

小时候，常听爷爷讲
故乡马蹄寨的故事。他说
那牵马的男人和骑马的女人
翻山越岭去，牵肠挂肚来
南风暖，西风烈。他们的爱恨
在马蹄寨传说了几百年
只是他从未见过那里有马
更不闻马蹄声。说
想念恨，你就狠狠咒爱情死
想念爱，你就祈祷仇人长命百岁
说，山穷水尽时
一些光阴，会慢慢白上头来
那时似懂非懂
那时只是哦哦地点头

永恒的事物，逐一在消逝

一生的再教育，都抵不过梁家塆的
纯粹。抵不过它那些永恒的
事物：乡音。笑脸。鸡鸣狗吠

多年的奔波，离辽阔近了一步
但心中永恒的事物却在逐一消逝
老人们一个个走向百年
年轻的人，一个个离它而去
老宅破败，溪水干涸
树上的果实无人
采摘，年复一年，掉在地上
腐烂着。土地荒芜

只有野鸭还在堰塘戏水，蝉还在树上鸣唱

月亮继续照着幽静而孤单的

村庄和对面坡上

那些茅草丛生叫不出名的坟丘

都走了

他们像夏天的雨水，顺着沟渠，河流
漂走了。如今这里仅剩一个地名

太阳依旧从村后升起
风吹草动，只是不见炊烟
狗吠声不知来自何处

村后坡上，那棵有两百年的皂角树
高高挺立着，它们每年
独自开花结果，不断演绎轮回

村庄像一个体弱色衰的老人
穿堂风一来，咳嗽不断
呜呜咽咽，让人揪心

都走了。土里、坡上偶尔冒出一两个新坟

像回来探亲访友的故旧

给孤零零的村庄

平添一丝暖意

第四辑

那时一呼唤你的名字，就心颤

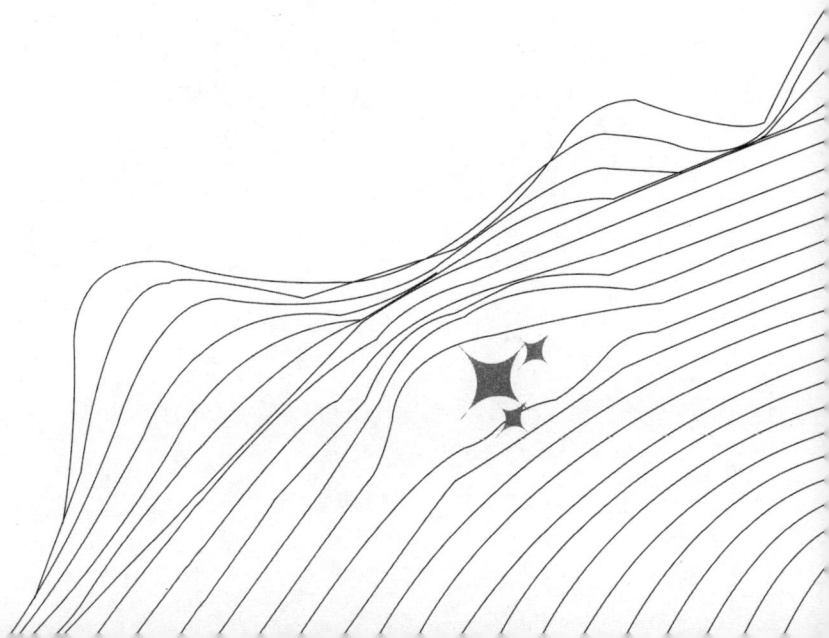

这个春天，爱，越喊越多

这个字厚重
我曾对三千江山喊过
自认为喊得铿锵
我对爱那么虔诚，力量足够强大
可它们，竟岿然不动

你说这个字太缥缈，落不到地下
说，在荡漾的春天
被融化的事物太多。说
我过于书生气

我以为每喊一次，力度就增强一层
每喊一次，春天就近一步
花儿就绽放一次，战栗一次

事实是，每喊一次，我就脱一层皮
身体就轻一次
现在身体越来越空，是喊得太多

爱情是一个动词

你说他像磨盘，快碾死人了
还说现在见到酗酒的，打女人的，就恐惧
说十几年了，在外人面前
每天好像活得多阳光多明媚的

你说，焦虑过，煎熬过
曾有玫瑰，开在你的春天
曾有明月光，洒在床前。你解析
爱情是一个动词。说头上过早的白发拜它所赐

你一直不敢直视我，怕自己
猛一低头，眼泪就掉下来
很担心你做一个怨妇，可我不是医生
无良药，医治你的苦难

我不是神，无法把你变回从前，做那个
单纯的羞涩的初为人妇的女人

期待上天恩赐一个好男人
来抱暖你的冷，熬过命。望他
一辈子用心做功课，做你的好侍从

勾魂那个词，早已骨瘦如柴

这些年，一直替自己叫屈
那年第一次约会
是一个无风无雨寂静的晚上
河水流淌，花草芬芳。那晚
天已黑尽，你我仍隔着一尺距离
我说要去戍边，好男儿志在四方。那晚
你说了很多，我都忘了，只记住
你一句："路遥知马力，日久见人心"
当时感动得想哭
离别时，忍不住捏了捏你的手

四年后，你嫁了别人
某年，你嫁了另一个别人
直到现在，也未见过你说的

那颗日久见人心的心

这些年，我承认爱得太狭隘
对亲人的爱，一压再压
现在要狠下心来
栽秧挞谷。喂猪放羊。砍柴生火

我在月夜里吹拉弹唱

男人烫酒赏月，女人给悦己者
搽粉描眉。谈情说爱的
披红戴绿，彼此扮相
鸟们继续放纵，蝴蝶们继续献媚
大虫小虫狂跳不止
溪流也荡出金光
一些树枯萎，一些树长出新绿

真是好时节呵
实在忍不住，我就在月夜里
吹拉弹唱，呻吟给心上人
哄一哄游荡在
桂溪河畔那个中榜后又疯了的秀才
宽慰铁水桥头

那个一生卑微一生忠孝的

苦等官人归乡的娘子

哥哥，我要拉着你的手

哥哥，我要拉着你的手
去万里长江第一城，饮最好的酒
浪一浪，蜀南竹海
蹚一蹚，小溪流水。看风吹麦浪
走遍金沙江、岷江、长江沿岸
徜徉于山水之间
红着脸，给你说悄悄话

要让玫瑰，开满你的春天
请明月光，洒遍你的窗前
要抱着你的冷，熬过每一个冬天
用心做功课，一生给你做一个好侍从

哥哥，我要拉着你的手

风餐露宿，越过一些荒芜。戈壁。草原
进一些寺庙，拜一些佛，学一些慈悲
陪你在浪迹天涯的沧海桑田里，为你写诗
于无声处，让那光阴下的一词一句
一笔一画，都荡漾着欢愉

幸会幸会，喝喝喝

你们一直说一直说，那年
在桂溪河边走丢的人
是我最大的相思。切！我说
哪有那么多爱还留在城池
这么多年，无非是肉身的仓库
囤积满锈迹斑斑的惆怅和凄苦

那些年说的写的，咸呀淡呀。已忘却
激情已过，伤痛已过
你们说什么泪流三尺？哼哼
笑死个人。我，笑了

我说，她不懂诗。我写了那么多
大过春天的桃花，满地的月光

她只字未提。我与她

仅在清风尽，白云散的梦里偶遇过

彼此拱拱手，碰碰杯而已

她说：幸会幸会，我以茶代酒

我亦说：幸会幸会，喝喝喝

那时一呼唤你的名字，就心颤

那时，我们还是少年
赤着脚，穿着补丁衣服
每天早起，割草，喂猪。按时
上学下学。那时垫江中学
的荷塘月色多美呀。那时只识悟空
一愣一愣听老师讲，书中自有
黄金屋，颜如玉。那时，懵懵懂懂
不晓得表叔表婶们粗鲁的打情骂俏
就是爱情。那时不晓得满坡
红的桃花，白的梨花，黄的油菜花
就是我们轻狂的诗句
那时，盯着一只蝴蝶追逐另一只蝴蝶
是多么美妙的事。那时的
天好蓝，月亮，好圆好大好清亮

那时的空气清香。那时一呼唤你的名字
春天就绿了，夏天就火了
秋天就成了金色，冬天就不冷了
那时一呼唤你的名字，就心颤

爱情有时候是安静的

像这圣女湖泊上空飘舞的
雪花。湖泊不动
雪花坠入湖里，彼此拥抱
不言不语。鱼儿怕惊扰这安静
也轻轻游荡着。爱情此时静得像
岸边细丝般的柳枝
随风柔柔地摇曳。很轻很软

他们坐在这里，什么都不说
看夕阳慢慢滑向山那边
看暮色缓缓升起来。彼此靠近
暖暖地想着同一个
心事：把美写进一首诗里
而不动声色。此时
月亮也白得那么寂静

寂静而飞扬的词语

你不在的时候，这些文字陪我
活。陪我在风雨中，走过
茅草丛生的乱坟岗，荒芜的铁路小站
和无人的十字路口。还替你诉说衷肠

深夜，我会安静想念一些人和事
这些吟哦的词语，也
大睁双眼，活在每个无月和满月之夜
它们在野外跳跃
也在不眠之夜的小屋里跳跃

这喧嚣的尘世，愿
与我为伍的实在太少
而它们，总会在我落魄寂寞时
一个个来触碰我

无月之夜写光明之诗

神说，许多光明的事物
隐藏在黑暗中
我就在黑暗里，常常
遥望你。一首接一首写光明之诗

这个月黑之夜，伸手不见五指
但依然看得见你——
自带光芒。你这永不消逝的电波
你这一万个
太阳中须唱亮的那一个

我为给你写一首真正的光明之诗
而喜泣。为自己怀念
升起时的欢愉而喜泣。为自己

呼唤后浪漫时的虚幻

而喜泣。为今夜的

醉如泥而喜泣，喜泣，喜泣

此刻

此刻，黑夜。我分明
在你眼里，脸上，心里
看到了江河，春天，火焰
在你三千青丝里，看到光亮
看到缓缓走来的黎明

此刻，许我写一首诗吧
读给春风，溪流，山川
读给自由滑翔的山鹰。读给
恰好掠过湖面那些惬意的
蜻蜓。读给梁家塆
终身未娶的傻表叔，读给
梁家塆坡上那个蹒跚的白发老人
让他们知道，我也曾写过爱情

面对雨天的圣女湖

今天，面对雨下不止的圣女湖，
突然很激动，有一种隐隐的战栗。

不仅仅是它远离尘世的喧嚣，
耐住寂寞。不仅仅是它
有极高的涵养，无惧雷电狂风。

雨一直下，它能敞开胸怀，
接纳一波一波不速之客。

如我接纳它庞大的柔软之美。
如它替我给深爱的人
聚积一生的爱：辽阔而苍茫。

圣女湖夏夜的月亮

一个在天上，一个在水里
天上那个照着天涯
水里那个照着一个人的心

歌林铺的夏夜很静很美。圣女湖
像一个待嫁的处女。微风
轻轻摇曳湖边的柳枝

夜里，看不清奇花斗艳
但有千万种芬芳撩人心脾
湖泊里的青蛙，草丛里的虫鸟
忍不住歌吟。唯有
树是静止的，湖泊是静止的
静止的还有栖息在树叶上的蝴蝶和蜻蜓

和一个人的独坐

此时，圣女湖面上荡漾的
星星和月光，多像
一个人藏不住的思念

辽阔坠落在一首诗里

当那个人置身于美好的春天
这注定是一首浩荡的诗

这诗，带着火焰
写进白昼，黑夜。写进青山，绿水
写进旭日，云朵，黄昏，星辰
震颤在蝴蝶的羽翼上
随百鸟飞扬，伴繁花绽放
这诗，陪江河涌入大海

这个迟到多年的人
去一首诗里感受一丝柔，一丝轻
感受一粒甜，一粒光
一个则去诗里，写天涯，写绝顶
写灵兽。写江河每一次荡漾后的静

想象一首诗的诞生

坐在圣女湖边，想象
一首诗的诞生。看旭日
如画。听百鸟吟哦爱情。叹息
夕阳惊鸿的一生。看细雨
无端落泪。看圣女湖，孤寂
一坐千年，欲扶正它柔柔的骨骼

想一个人，隔着千山暮雪站起来
昂首挺立的样子。想一个人
远离尘世来此隐居
必有悲壮的一生，就心生敬畏

想月黑风高之夜，想空旷的山野
带不走一丝花的芬芳，就心生

沮丧。想一个人的苦，如此
孤单，就心生悲戚。想一个人
身上发出耀眼的光芒，又心生欢喜

雨，一直下

她望着黑黑的天空。无语
顺从了圣女湖的宁静
顺从了三月淅淅沥沥的小雨

雨，一直下。她忍着，想念
一个人，像一坛发酵前的烈酒
像临盆的产妇，煎熬着
身体里灌满哒哒的马蹄声

圣女湖大得可以灌溉万亩良田
却盛不下她一个人的孤寂

任凭雨水流入脸颊，颈项。她像古时
娘子苦盼归家的官人一样执拗地杵在那里

长长的堤岸，量不尽她的相思

她向着圣女湖一遍一遍呼唤
那个人。唤得所有的虫鸟疼得隐身
唤得所有的山峰屏住呼吸
呼痛了风的腰身，呼痛了天的骨头
让它流下，连偌大的
圣女湖都无法接纳的泪水

只有我知道

她白发里藏的雪如此冷
年轻的树冠裹满尘世的冰霜

她瘦弱的身体，无法承受
足够大的温暖，但她眼睛里的
精神之灯，从未辜负闪电和星星
太阳照着她的荒漠，时光之船
载有她奔波之途的重

江河聚不拢她一生的
千堆雪，春天里的十万亩花田
埋不下她纤纤的傲骨
但她的盈柔之美
却足以轸恤我的余生

一生的重

战栗后的欢喜，泪水
让我竭力要铺开一张白纸
写上旭日。云彩。花朵
写上漆黑之夜。写上半生的
坎坷之途。雷电。风雨

一生太长，许多事物
命短，唯有爱情不死

遇在春天，就先写上温暖
写上辽阔，赞美，融化
写上一生的重。写上
一杆杆红旗。一排排柏桦

最后写上"光芒"二字
装满春天，托起一生的轻
哪怕一分钟的闪耀
一分钟的光明

无法治愈的偏头痛

吃了半生偏头痛的药
仍不能治愈。终于让我活明白了
人一生，就是被折磨的一生

他们写的海枯石烂，太遥远了
写的千山万水，太重太长
写的天太高，云太淡

你就写我身边的一丝风，一粒雨，一片雪吧
写我昨天的一痕伤，一阵痛，一颗泪
写我今天的一米阳光，半点温暖
写我明天五音六律的一个节拍

你只需为我写上昨天今天明天

三天的七十二小时足也

我要化解成四千三百二十分

再化解成二十五万九千二百秒。用这

一秒又一秒，慢慢医治我的偏头痛

多年以后

冬天。雪地里伫立一位白发老人
皑皑白雪中，歌女无声地张着
千年歌唱的嘴。老人倚在一棵古树旁
遥望山巅盘旋的一只孤鹰，呢喃自语
深冬的宝石铺，令人战栗，发抖

二十年前的冬天，他和她因偶遇而在此
相识相知。神交多年，彼此只是遥望
他俩天各一方，不牵手
却写下只有他俩才知晓的传奇

此时，霞光披在树上
也披在停止绽放的花朵上
二十年前那个她，已远走他乡

从此，他每年必来此

走一走她曾走过的路。此时

飞雪流着泪，仿佛在替他书写

一封永远寄不出的情书

把你写在一首诗里

昨天今天明天，活了
音容笑貌，苦的甜的，活了

它短小，但囊括一生一世
我们在丛林说的在海边说的
被风吹散的那些话
都一一被后来者
捧成传世的山盟和海誓

故乡，故人，故事
异乡，异乡人，故事
天地，雨露，草木，春秋
都在这首诗里，活在
每一个匆匆而又缓慢的日子里

从此，我在这诗里

闭目，打坐，诵经，禅悟

勿忘

不要老想它嘛。你曾说

一个影子多么虚无

可它着实让他窘迫，焦虑

那个人，被他写进一首首诗里

那些音容，笑貌，哀愁

那盈盈一握的温柔，还在

那片海，仍在荡漾。漫步的

那条山径两旁的野花

正燃烧怒放的生命。圣女湖边的

柳树，依旧低着羞涩的头

细数爱情。湖上掠过鸟的鸣唱

清脆而响亮，多么富有的爱情之鸟呀

如今，他正用一根根白发里的枯萎

熬过一个又一个夜的黑

你怎忍心让他做个断肠人
你怎忍心春天生的爱在秋天死去

圣女湖有用不尽的墨汁

圣女湖有足够多的日朗月明
照耀一个人
走不尽的跋涉之苦

我要借这里的微风抚慰你一身轻
借这里的细雨沁润你那颗干涸之心
我要掘开你身体里储藏的闪电和雷鸣
击溃你这些年的疲惫，忧伤，悲愁，痛楚

光明的磊落的阳光的阴暗的事物
虽让你应接不暇，但
圣女湖有用不尽的墨汁，它
会描写被生活省略掉的爱情。没有人
能替代你傲人的风骨。我只
企求做你梦中羸弱的替身

重回望郎女峰

这是二十年前的事。那时
我还是青年，热血高涨，充满活力
希望还有，憧憬亦有

站在望郎女峰山脚下，你对我
讲望郎女的爱情故事，眼里闪着星光
我陶醉其中，说凄美的故事里
隐藏着"执念"和"忠诚"

你问，回去后会写诗吗？当然
为望郎女写，我说。我是把
"也为你写"这句，咽下去了

那些年我写了许多颂扬望郎女的诗

刊发后反响不错，只是写给你的
几十首无人知晓（你也不知）

今天站在望郎女峰山脚下
站在你给我讲凄美爱情故事之地
我把写给你的几十首情诗
读给它听，想让它
感动我的感动，幸福我的幸福

一个赢弱之人

你给我圣女湖第一枝翠柳

给我歌林铺第一声鸟啼

给我望郎女峰巅第一片雪

山间羊肠小道一路的柔情你给的

暴雨中的淋漓，雷霆里的酣畅你给的

风雪中的矜持你给的

烈日下的清凉，玫瑰的芬芳你给的

你给的还有远方之远，还有奔波之途的

搀扶。给我荒芜世界栽种相思之林

给我落日最后一粒精血。给我

萤火虫最后的飞翔，给我酒杯里的

马蹄声。给我"黄金叶"和"荷花"

给我温柔，春风，怦然，花开

…………

我心中的神说：慈悲，愁苦，快乐，幸福
都有定数。一个羸弱之人
实在无力承受这么多的赐予

第五辑

乘时光之船远航

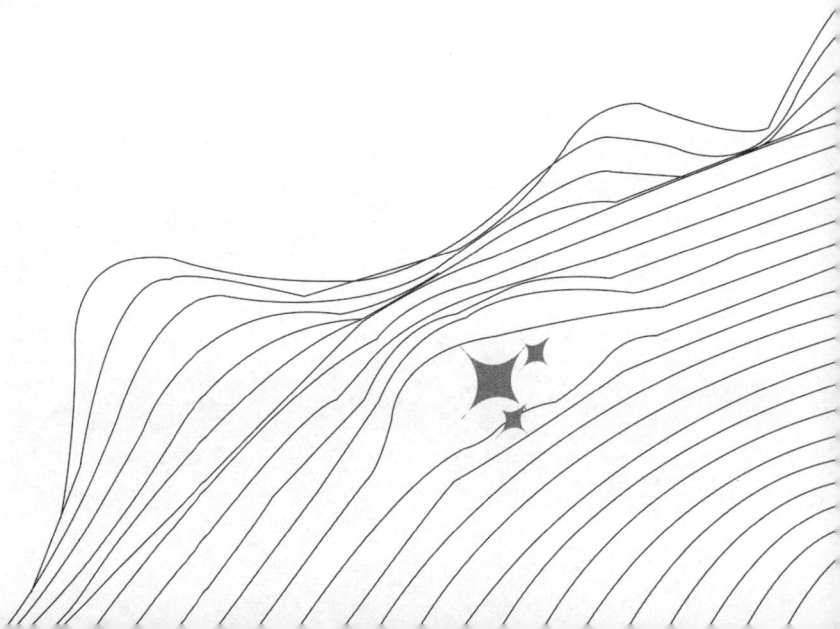

乘坐时光之船远航

晨光。这蠕动的即将诞生的
一道闪电，多么让我期待。它敞亮
嗖嗖，白的红的黄的火焰
迅猛而来。我惊叹
这闪耀！因欢喜而心跳加速

时光之船，载着生，载着死
我懦弱的诗行，无处可去
陪我一路向西吧
专捡小径，山路，田野走
跨千山，越万水

这闪电，将隐藏于山野里的寺庙
打磨得越发亮堂。我须在火焰

坠地之前，远离尘嚣

做一个虔诚跪拜者

一遍一遍聆听晨钟暮鼓

敲响我的前世和来生

请赐我一双慧眼

我用父母赐的一双眼睛
看良田万亩。山河浩瀚。柳浪莺舞
看无数毁灭和枯萎。看无数
英雄落草为寇，黄土埋人
看和尚做法事，念佛经。诠释悲悯
看比黑暗更黑的黑。看光明
变成一道留不住的闪电

还用它看绝望之人，断肠之事
我常陪它，望着尘世中
美艳的事物流泪，看丑恶的
嘴脸，心生闷气

我企求有另一双慧眼

不在人间，只在天堂，用它
看那些游荡的孤魂野鬼，得到重生

异乡人

我这个异乡人，总睡在别人的故乡
他们窃笑：这娃睡得舒坦
做梦，都是满心欢喜的模样

有时，我替自己也替他们，说梦话
连绵不断：红颜多娇呀，金碧天下呵

多数时间，我在梦里也是清醒的
常宽慰自己：亲爱的，异乡辽阔哩
可惜自己目光短浅，爱也细若游丝
把光宗耀祖的事，一拖再拖
还好还好，桂溪河畔
那个苦等官人的娘子还在
有时那丁点念想，还在

坐等风暴

来吧，那来自天国的雷霆
是我渴盼已久的
呐喊

听惯了锦城湖泊的和风细雨
身子越来越软
无力攀登三山五岳

索性坐等天亮
等那些风暴
来驱逐我
挪动脚下的每一步
和那每一寸光阴

我想做一只狼

如果成真，我这个
从桂溪河畔出走的娃
须学会与人相处

教它学点武功，懂点书画
弹得一曲三流水平的高山流水的古筝
再鬼画几首哄人的歪诗
还要似狼非狼，似人非人
要具攻击力，具人性

这一奇怪想法，让我亢奋，纠结
苦思良久，头痛也
罢，罢，罢……蒙头酣睡

一觉醒来，见好多温顺的羔羊

噫……这蓝天白云下

遍地青山绿水

呀呀，适合它们幸福生长，膀大腰圆

适合我把爱写尽写艳

落叶归根

若干年后，远离的人都老了
会在心里念叨这个词

山河远阔，能归故里的，越来越少
80后90后00后，几乎不可能
人走高处，水流低处
苍天也会原谅这些远离的人

田垄，土坡，茅草丛生
黄土越来越厚重，绵实，润泽
故乡立在那里，寂静而孤独。目送
一拨又一拨迁徙的人

若干年后，我这个奔命他乡的人

会面向故土，鞠上一躬

或许，出走的他们，也会鞠上一躬

这金秋的十月呵

金色十月，暖阳刚好
诗集《酒杯里的马蹄声》降生
不轻不重的秋风，跟来荡漾

这些诗在纸上跳跃
爱爱爱的。一路快活
它们不晓得人间既美好又险恶
到处纸醉，到处金迷
吟诵的，烫酒的，暴毙荒野的，都有

担心它们不识人间烟火，不爱
画栋雕梁，珠帘绮户。不知
山高呀水长呀，逢场也作不了戏
砸我场子不怕，扫我脸面不怕

怕它们误红尘，误皇恩浩荡

个个丢了性命，薄薄的

一生如此短暂……呜呜呜

我这一身穷皮骨，羞对金秋

这丰厚的金秋，他们
盘满钵满。从此，他们睡着了
也可坐吃山空。可躲在
一隅唏嘘的我，无人安抚

这尘世
笑死的气死的多。亢奋的不甘的多
不痛不痒的，更多

看金色晃荡。看满山开得正艳的玫瑰
看嬉笑不止的红男绿女
我问自己
拿什么点缀金秋？我
望望天上的张神仙，望望地上的李神仙

他们不语。唉唉，我实在可怜自己

这卑微之身的穷皮骨

实在无力撑起想象中那座江山

我痛惜，他们生不逢时

富顺五府山烈士陵园旁
好多算命先生和算命的。他们
在烈士身旁，算鹏程万里，黄金千两
我真怕他们谬算地下这些
止于三十岁二十岁十几岁的奋斗史

我怕逝者
猛地从黑暗里跃身而起，向人间跪拜
怕他们邀我迎太阳来，送月亮去
怕教我画人面兽心。怕催我
堆江山多娇
怕叫我脱去戏服，穿上袈裟
……呵呵
我痛惜，他们生不逢时

我叹息他们一纸薄命

我祝愿，命好的，好上加好
龙生龙，凤生凤。全身披金挂银
子子孙孙，一生不缺吃穿

唤自己一声亲爱的

在峨眉，独自品一杯香茶
烫一壶好酒，相思就弃我而去
什么都不闻不问。瞬间
风寒不在，温暖就来了。多好

在酣畅淋漓中
依次展开自己，把蚀骨的
寒，沉重的忧伤掏出

用烈酒，融化
心中的愁苦和孤寂
在奔波之途小憩，用手
捕捉金顶一小束命运之光

我祝愿：某个暖阳照耀之日

乃我春风荡漾之时

乃我时光醉美之时。那时

再好好唤自己一声

亲爱的，来也，去也

山刺

四十多年前
在荆棘丛生的山里行走
被野山刺折破皮而血流不止
从此与你结缘，取笔名用之至今
替我活过一生

因为瘦小，你同弱者做了穷亲戚
你写一滴露水，一束阳光，一根狗尾巴草
写梁家堉稀稀疏疏的炊烟
写庙宇。慈悲。骨骼。流水。浮云
写死去多年仍活在尘世的亲人
写被驯服的狗，被宰割的羊，变脸的厉鬼
写即将老去又不愿弯曲的自己

我知道：那一线最低的地平线

才是你我一生的顶点

你竭力描绘的，无非是把我心中虚无的

落日，一次次拽出水面

月亮因此而不虚掷一生

真好呵，月色如此洁静
星星如此明亮
看着尘世，一些
黑暗的缝隙也透着光亮

一些人在梦中，一些人
在梦的边缘
一些人在寻梦。一些梦
像花朵，开在婴儿的襁褓里

真好呵，这柔软之光
这流落人间的大爱
让遍体鳞伤的人
背着光亮，浪迹天涯

每一步都是皎洁，每一步
都成永恒

借我

借我一个少年

让我为爱而痴而愚

借我一个青年

让我走过春夏。借我一个中年

让我走过秋冬。借我光，借我火

让我走过黑夜，走过寒冬

借我一场春风，借我一次开始

借我一次怯怯的欢喜，借我

一次阵痛。借我

一叶扁舟，借我风高浪急

借我一个英雄，让我对

邪恶之人，手起刀落

命薄的，好多

他们在欣赏美景

你们紧贴死亡之崖

临空一跃，像子弹射进深渊①

你们摇曳风中

闪电向你们低头，命

向你们低头，死向你们低头

活，你们或许会遭许多苦难

但比你们命薄的，好多

我无权评判你们的抉择，仅

写一支挽歌祭奠

————————————

① 2023 年 4 月 4 日下午 1 时 50 分，在张家界天门山景区，有三男一女四名游客，行至山顶玻璃栈道出口时，突然翻越护栏跳崖。

你们无畏赴死，大地未塌

山还是山，人还是人。风景依旧独好

你们无非撕破了春风外衣的

一角，无非稀释了太阳

亿万分之一的热量。只是

这尘世依旧让许多人

得不到爱和温暖。呜呼

我的词语

我的词语在我狭窄的身体里待得太久

它们安静，老实，柔软，懦弱

也喘息，徘徊，挣扎

事实是，它们每一横每一竖每一点

都执拗，倔强，犀利，嵌着火光

在酝酿一次真冲锋，在伺机越狱

它们的江山

岂止是我这一具狭窄的虚无之躯

它们驰骋的疆场没有国界

是广袤的草原，是辽阔的天空

但它们不知道自己一转身

就是险恶江湖

不知道活在我狭小的国度里

其是另一种幸福

愿我的枯萎成就他们的灿烂

前半生，路遥。坎坷。卑微
但我依旧睡得沉稳，香甜
活在异乡的我，偶尔抬头看看
床前明月光。读柳永，苏轼。认千堆雪

92岁的母亲常告诫我
你最大的软肋就是仁义、善良
我活在尘世一直对这四字弯腰，鞠躬
对落日也早有了降卑之心
还好，一些小幸福总怜悯我的苦难

只是我的刀剑已锈迹斑斑。只有一些
残梦，还在一遍遍轻抚我的伤口
我的骨头脆如灯丝，但心中的经幡

一直摇曳在风中。我
只是一粒尘埃也。勿念兮

衷心祝愿强盗仇人小人忘恩负义的
着新衣，享荣华，得富贵
我愿用枯萎之身成就他们的灿烂

第六辑

所有的江湖，冬暖夏凉

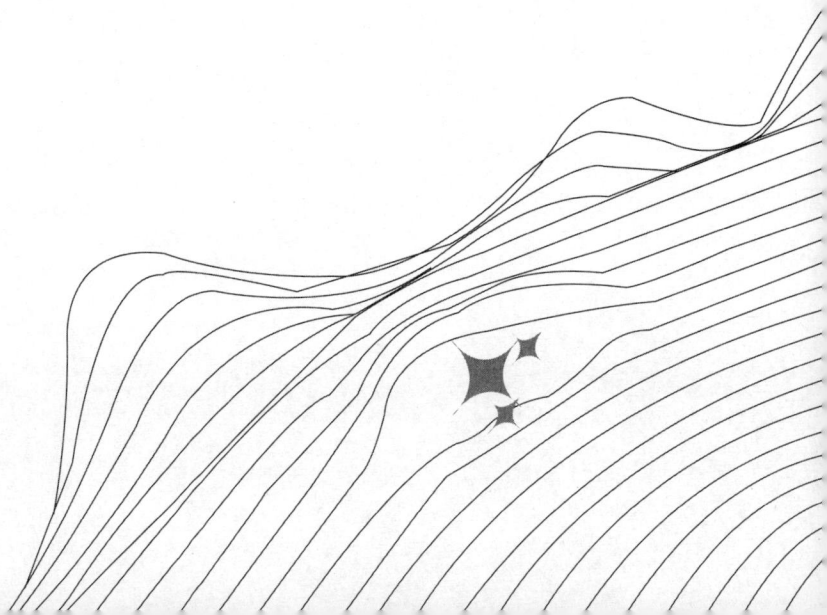

与故人曰

你问我今年不回，不再爱么？
爱的实在太多。我说

梁家塆的土狗，长尾鹊。村头那一口旺盛的井水
搓衣的农妇，拯谷的农夫。盯着落日的傻表叔
明月山的明月和牡丹，下拱桥的
瀑布和飞鸟。高滩河恣荡的鸳鸯。天宝寨
爬天梯的人。罗家巷黄果树下
那些算命的瞎子。桂溪河边
苦等官人迟迟未归的娘子。太平寺
沉默的泥菩萨。活着的母亲和智障的老七兄弟

……都须好好爱下去。叹惜
这一生，还有许多好山好水来不及爱

还有一些旧爱不忍割舍。叹惜
昔日那个知己，已驾鹤西游。叹惜
昔日那个美人，不再孔雀开屏

这个年，托一梦，扮一壮士，心怀火焰
佩宝剑，乘马回。风起兮，蹄声碎，尘飞扬

赶火车

第一次赶火车，是一个冬天
凌晨，湖北宜昌火车站
我和一大堆着绿装的年轻人
上了一列黑铁皮闷罐火车
大家挤在漆黑的车厢里，看不见
外面的世界，努力想象一路后退的
江河，村庄，高山，大桥的样子
我们贴着火车，它贴着
黑暗中的地皮，一起穿过黑夜的洞

我们到的地方
离祖国母亲心脏很近，那时
我是她们的好孩子。高唱
青春之歌。看风吹麦浪，雪花飞舞

这一生，不停低头赶路，低头赶火车
竭力欲抵达一些风水宝地的最高处
这一生，感谢它
让我安全到达每一个驿站
它终将把我从起点送回起点
它实在不忍心
让
一生漂泊在外，空悲切

所有的第一次，都深入骨髓

寂静时，想一些往事
所有的第一次，都深入骨髓
那年十二月的冬天
我和许多年轻人，带着初心
登上一列披着霜露的火车

一晃，当年一起赶火车的人
不少去了天堂。活着的我
时常想起始发站
终点站
一帮南方来的热血青年
被一辆辆汽车转运到新兵营

当年，我们是太阳，温暖一方热土

现在我们天各一方。有的
一生不再见。我们的爱
没有扶摇直上，只是
被秋风冬风吹得猎猎作响，仅在
额头上刻下"流水"二字

那一年

从戎去北国。坐在密不透风的
闷罐火车皮里，想象
伟人笔下的千里冰封万里雪飘

凌晨的冬天，寂寥
火车哐当哐当敲打着大地
它替我在漆黑的夜里，提前
写下一长串无形的"爱"字
四十余年前那一段卫国的光阴
劳苦，清平，简单而幸福
是一段怒放的生命，是岁月
长河里蹚过的忘却不了的辽阔

今天，我欲赶在日落之前

将这段回忆和后半生新添的药片

一同装进瓶瓶罐罐。将这回忆

一半留在异乡，一半带回桂溪的山水

一部分随风飘散，一部分留给卑微的肉身

继续陪我三冬暖，春不寒

风，吹过我和北国

这些年，我常常遥望北国
冥想当年我们青春的经卷，被一列
铁皮闷罐车，捎上北国之路的情景

那时春天，营房外风吹麦浪
冬天，雪花满天。那时
我们都是青年，热血极需喷涌
举枪瞄靶射击时
总有一种解放全人类的冲动
感觉身体里的铁轨已铺到国界线

那时忧国忧民，亢奋着想撑一片天
可惜绝大多数和我有悲歌的人，耗尽
所有的悲悯，也没做成英雄和将军

仅举一盏孤灯，各自还乡
有的，至今音讯不晓
只在寂静时，想起彼此

想起当兵的日子

那时我们年轻呵。热血沸腾
想当英雄，扑上去堵枪眼
想做雷锋，想在瓢泼大雨天
送一位大嫂和她的俩孩子回家
用6元津贴帮她们买火车票

那时，冬天头顶雪花，春天
身披黄沙。梦想某一天
所流之血，染红落日
所流之汗，浇江山如画
那时，不识春花秋月
常被自己的献身精神感动得流泪

现在，我也只是偶尔才想起

那些日子那些兵
现在，我这个背光而坐的人
很庆幸自己，衣着简单
存有一颗素净怜悯之心

眷恋北方

寒冬的北方，像一艘停泊的
白色巨轮。一个南方来的
小年轻，成了它光亮洁白的一点

那时北方穷，南方穷。每天两顿
粗糙的玉米窝窝头，喂养保家卫国的我
后来回南方，心中空出的寂寥和巨大的虚无
仍被那些冷和硬，顶着

北方的白，是辽阔和宏大的
象征。我曾在那里
迎着凛冽的北风，狠狠活过

如今常在梦里巧遇

遗失在北方的孤寂和落寞。常梦见
日落西山打靶归来的自己
同宿舍前那几排白杨，依然挺得笔直

那些大片大片飞舞的
雪，多像当年我们
转眼即逝的青春

再回首，仍眷恋北方皑皑白雪

45年前
多少个寒冷之夜，持枪站岗
脚下的雪，白茫茫一片
我这个重庆娃，冻得想哭

45年后，想写一封信给老部队
告诉新战友，羡慕
他们的新生活。

回到南方后，这空出的几十年寂寥
这巨大的虚无，有幸被怀念
填满。那迎着凛冽的北风
吹拂的军营，那些曾经
年轻的战友，一直活在我的生命里

那时，南方穷，北方穷
部队也穷
现在，东西南北中，都富裕了
夏奥冬奥都来中国了

再回首，我仍眷恋北方：眷恋
师农场金色的麦浪。眷恋
连队火热的土炕。眷恋
每个寒冬，皑皑白雪

这个初春，想去老部队看看
去看看老首长，老战友。去捡拾
曾经遗留在那里的孤寂和落寞。去聆听
日落西山打靶归来的歌声。去看看
宿舍前那几排白杨，是否还挺立着
…………
那里有大片大片的白

悼袁隆平

今天，我在一首诗里写一个
常常同时用四川话、湖南话、英语说话的人
写一个双手能捏拿泥土，又能拉小提琴的人
写一个全世界称之为父亲的人
写一个为70亿人不饿肚子
躬身大地半个多世纪91岁高龄的人

这些长短不一的分行
是他走过的曲曲折折的山水
这些文字，是他种在诗行里的粒粒稻谷
每一个汉字，饱含甜浆

他走了，泥土里从此多了一粒种子
他走了，为大地腾出一株稻穗的空间

怀揣那颗悲悯之心，他去天堂
继续搞杂交水稻。让那些饿死的
吃饱了有力气，投胎人间

这个深秋，我忍住哭

——写给天琳姐

这个深秋的霜降日

黄鹤已去，人间

好多落泪的人。我忍住哭

要留点力气驱车300余公里

去给您叩三个响头，去祈祷您的永生

我忍住哭，怕您见不得悲伤的人

那些花草，鸟，蝉，蝴蝶

忍住哭，怕打湿您挂满果园的笑容

您揽日月之光

写北方辽阔，南方秀丽

所以，江山忍住哭。它们要

像您一样俊俊俏俏，活在尘世

这个霜降日，我这个"锈迹斑斑的大人"
已回到三岁，眼睛变得很清亮
望见您
穿着漂亮的花格子衬衫，站在
月亮之上。笑盈盈，将那些
干净的诗，一一撒下人间

燃烧的七月

越来越多的路人，老人，妇女，青年
戴着红领巾的娃
在被人围了又被人撤了的围栏处
给有名的和无名的亡灵
献上了黄菊花、白菊花、栀子花

其实，天堂的他们知道
假为欢笑的，依然多。暴戾还在
人间有太多虚构的护佑辞

这个七月，光给黑暗撕开
一道又一道伤口
冷漠却让它很快愈合，结疤
这让活着的爱和恨
无路可退

如果可以

紧追时光的脚后跟来这里
看山看水，看蓝天之蓝
白云之白，看让我心跳加速的
草呀花呀。把安静的湖水
视若初恋之人。把情窦初开的
蓝莓花蕾拥揽入怀。把这里的
新和美，深深吸进自己眼瞳

如果可以，让我爱这里的
日升日落。月光。星星。雨露
爱这里的新农夫和新村姑
爱整个新农村之村。如果可以
让我住进杨柏镇太平场村
任何一个院子一段时日，用尽

一生所学之词，写一首赞美诗
无须感天动地，仅让自己
反复咏叹，反复咀嚼，反复震颤

最美的天空

清晨，她面向大山，笑对旭日
傍晚，她面对落日，她心怀慈悲
夜里，她用一颗同星辰一样
洁净之心，给古树，花草，虫鸟
讲昨天，今天，明天的故事

她是最小的那粒有翅膀的尘埃
甘露中，她陪这些花蕾
追着春风追着蝴蝶绽放。红旗下
她安放这些最低处的飞翔

劳苦在这里，泪水在这里
皱褶里扎根爱，白发里生出痛
她是蜡烛，燃尽火的最后一根肋骨

这里的美，盛着她的芳香
盛着寂静后涌起的阵阵波涛

每一天都是新的

圣女湖上腾起的庞大晨雾
是它藏于湖底的爱和念的总和

阳光照耀后，这块偌大的化妆镜
将湖边的柳树，山的峰谷
蓝天白云统统拥揽入怀

孤独不在。她走在湖边
见蜻蜓和鸟儿在湖面上自由飞翔

风吹走了雨水和冰雪
但鸟的吟哦是吹不散的
旧事走远。温暖的春天呼啸而来
每一天都是新的

每当她漫步圣女湖时

仿佛觉得自己的幸福，总在

湖里荡漾。仿佛觉得现在的每一天

自己都过成了最后最美的一天

现在，她爱自己胜过爱世上一切事物

爱她，就先爱她的苦难

爱她，就爱她半生的苦难和豆蔻之年
就有的失眠吧。她的苦难大得无处安放

噩梦来得早而猛烈，拜她父亲所赐。它
常烙烫一颗纯洁之心。每当夜深人静
恐惧，孤寂就紧裹这个蜷缩在床角的少女
泪水浸泡懵懂、无助的她。抽泣如丝

其父：狂妄，蛮横。粗口，家暴
她和妈妈姐姐，一生顺从父亲
少女悲戚地活，如蚂蚁般一纸薄命
这命：磨难。苦役。生病。长白发
青黄不接。连胆怯的麻雀和隐身的
蛐蛐，都在替她呐喊愤怒

月光是温暖之诗，星星流着怜悯的泪
窗外孩童的欢笑和音乐，是她唯一的鸡汤
曙光照进坎坷之途。无数峰峦叠嶂
造就的她，依旧向命鞠躬，叩首
故，她们从未放弃拯救距死亡
很近的父亲。说生命至上
理应让他安心渡到彼岸。现在好了
她在山水面前，读着新生

这个初春

他突然想一个人。隔着崇山隔着江河

想那个人在清晨，缓缓

走在晨曦中的山野

轻盈的步履，踏响鸟的啁啾

想寂寥的微风，吹着她的

长发飘飘。想她的浅笑

听风的样子，看水的样子

想她凝视远方等一个人。想她

走的每一步，遛的每一个弯

和置身万花丛中的愉悦。想他

皱褶里，写有她的忧伤

想他不能替她所想。想山野中

清新的空气，想晨露

滋润花草的幸福。想她

哼着小曲和着百鸟的

吟哦不断，多像一首田园诗

堆雪人的女人

山野里，山路被雪盖住了
河水停止咆哮。远处细小的
村庄，近处偌大的树，披着银装
她蹲在一个坟堆的旁边
堆了一个很大的雪人。雪人头上
插有两条细树枝，像女人的发辫

她要让这个雪人丰满她后半生的虚无
要为坟堆里的人堆出一个温顺的女人
她曾被里面那个人温柔以待半生
她要让里面那个人继续感受她的温暖

此时，风越吹越大，雪下不止
女人没有一点点离开的意思

天已黑，月亮升起来了

山野一片洁白。她一身洁白
泪水结成了冰，仿佛悲痛也是洁白的
此时，整个山野铺满月光
今晚，这洁白的世界，如此美好

好一个春天

春雨浸润草木，植被，泥土
圣女湖被春风荡起涟漪
湖中摇曳着柳树的倒影。山野
有好多初结的桃骨朵和青杏
蝴蝶谷涌动蝴蝶们的海洋
虫鸟声响彻山川，田野，小溪
乌云散尽，雷霆，暴雨，狂风
还没有来。阳光铺满
圣女湖和歌林铺，青山绿水初成
一个人望着远方遐想
画卷里，全是赤橙黄绿青蓝紫的
花，在自由绽放，它们填满
一个人倦怠寂寥的虚空之躯。一个
痴情人，在春天
呼唤另一个人的名字

第七辑

缓缓飘过荷塘

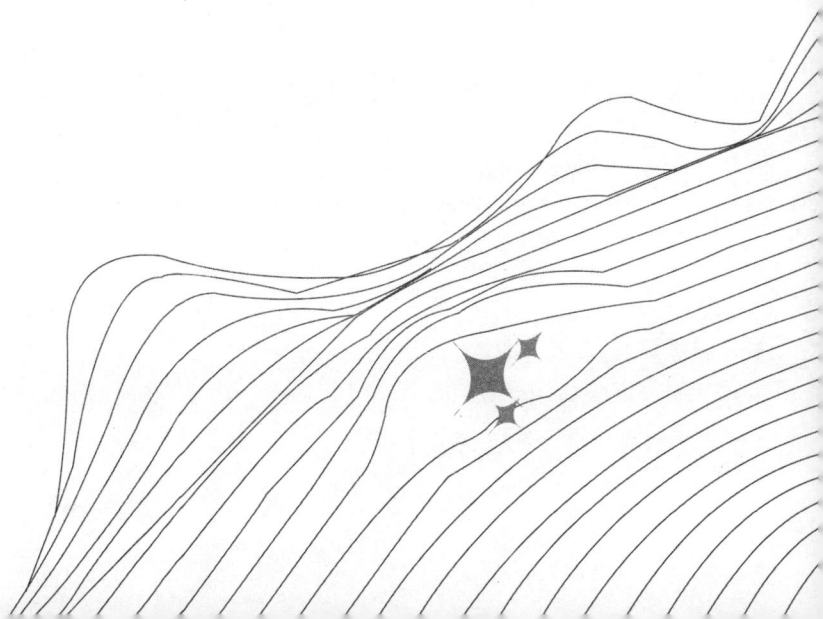

我的爱与你们不同

我的爱与你们不同

我爱的

是荒芜之地疯长的茅草

是沟渠里旮旯处有微弱光亮的萤火虫

是悬岩上树干上沟渠中

搬一纸薄命的蚂蚁

是泥土里竭尽全力翻身的蚯蚓

——它们为此要在黑暗里

撕心裂肺挣扎一生

我爱它们并祈祷它们

——我也是贱命一条

你是沧海一粟

——写给孙儿刘宇硕

2021年7月20日18:04
你诞生于华夏、天府、芙蓉之国

你的曾祖父多次说：刘家香火旺
你就赶来续写传奇
传奇谈不上，浩荡更谈不上
你只是沧海一粟。是刘范两家
一个新丁而已

我们为之动容和欣慰的是，你一降生
佛光就照耀着你。佛赐你
鸟的翅膀，抵达蓝天。赐你
慧眼：辨明东、西、南、北。赐你
聪耳：聆听晨钟暮鼓。赐你

嘴舌：吟诵佛书圣经

佛最终赐你一颗

爱江山亦爱美人的心

你甜蜜地睡，多好呵
——写给熟睡中的孙子刘宇硕①

你降生于蓝天白云的芙蓉国
是一首干净的好诗
而七月天降于河南的特大暴雨
却是一首恶魔之诗

昨天就想把写给你的
《你是沧海一粟》，读给你听
你是我们的欢喜……可我今天
实在不愿吟诗

但还是忍不住写了这一首

---

① 孙子刘宇硕，2021 年 7 月 20 日 18：04 诞生于成都市妇女
儿童中心医院。

陪睡梦中的你
它躲在一边，像我一样孤单、无助
只是偷偷诅咒恶魔，抹泪抚慰亡灵
祈祷神，拨开乌云降福多病的人间
替我吼出爱，爱，爱
替我吐出七月的火焰和雷声

如果那时候，我还活着

——写给九个月大的孙儿刘宇硕

如果那时候，我还活着
一定带你回到我诗中的梁家塆
看看满坡的油菜花，桑葚……
领你去祖外公祖外婆的坟头
烧三炷高香，叩三个响头。去看望
常盯着落日发呆的仁忠傻表叔祖祖
（如果他也还活着）
扶你骑上一头水牛，去梁家塆的坡上
四仰八叉晒太阳，我给你吹口哨
你闭目养神，悠悠想着小心思
带你去认认堆在老宅里锈蚀的物件
犁耙，锄头，镰刀，风车，石磨
去尝尝那口仍有甘甜味的井水
去认清那些也算高远的事物，比如

李树，桃树，皂角树，竹林。喜鹊，布谷鸟，野鸭
去看看那些低矮卑微的事物，比如
苔藓。野菜。野山椒。野菊花
斑驳的红砖，青瓦，篱笆。那些
栖息在田里，沟溪里稀有的鱼虾、螃蟹。以及
低洼处未流尽的雨水，和那条
早被遗弃现已茅草丛生通往县上的土路
听一听梁家塆的半夜鸡叫和蛙鸣
数一数梁家塆的日月星辰

我这些势单力薄的词语

它们在《身体里的铁轨》里

悲欢，离合。怀抱苦难和慈悲

像我一样

挣扎，忙于奔命

像我一样，少数时间

蹑手蹑脚走在明媚的阳光下

过丛林，越山冈，渡江河

有时走夜路，仰望一下星空

多数时间，它们蹒跚在土路上和泥沼里

被人深一脚浅一脚恣意践踏

如果它们能像我一样

往死里活且活过半生，该多好

如果偶尔也体面一回，踏响

《酒杯里的马蹄声》，该多好

祝愿生者安康

家人说我常睡不着，常醉酒
怪这个写诗的嗜好。说我这个写诗的
一些伤，一些疼，都要呻吟。说我
看三国掉眼泪，替古人担忧哩
说我是一个忧国忧民的诗人

今天立春，新年未过完。日子好
我应该写诗给活着的母亲和过世的父亲
写诗给故人和新友
祝愿逝者安息，生者安康。祝愿
天下无敌，人间太平。祝愿
日不落。哐哐当当。噼里啪啦

桃花一生爱情不死

它们开在三月

命好。一生爱情不死，一生

被人宠爱：为它们

吟诗的作赋的歌唱的绘画的，那么多

它们衣着光鲜进万千家门

而生在三月的我，一生无缘美人

少年时偶遇的一次桃花运

后来变成了桃花劫

那时弄得人死去活来。伤痛

一生。从此不愿再碰

今天养眼于这些

万紫千红的爱情中，懒懒地

晒着太阳。干酒。品茗。发呆。养神
件件都是幸福之事。觉得
前半生那些苦难，只算
是一些鸡毛蒜皮的事
唯有父母生我在三月，才是
我一生真正的大事

八月的火焰，替我爱着

八月的火焰，替我爱着天空，大地
爱着一切大小事物

许多人躲进山里
在清风里，溪流里，追逐童心

我坐在溪水旁，抬头见山坡上
一对耕种的夫妇，在
开垦一片隐藏繁花盛开的荒野
他们正是我羡慕的牛郎织女

我冥想，要来怎样的一场暴雨
才能浇灭八月抖动不已的爱之火
此时，树木，花草，牛羊安静

此时，阳光灿烂。鸟虫鸣唱。而我
只在此煮茶，等你来品
七夕：他们围着小溪喝酒欢喜
唯我只是发呆。写诗。留白

我羞愧写柔软之诗表达歉意

从夏到秋，客居的省城
据说是60年不遇的一座火炉
然而，一些人无路可退。在异乡

退到烈日中天里的是农民工
退到时间之尖的是快递哥
退到大厦墙外面是蜘蛛侠（清洁工）
当他们退到光亮饱满处时
汗珠里的太阳，刚好被摔成八瓣

这座城，烫酒吹笙的
举杯喊痛、抽刀断水、哭泣落日的
气不打一处来的。数不清

面对无路可退的激情之人

面对他们每一寸光亮

我羞愧写柔软之诗表达歉意

我的感叹大于幸福

我爱过的人，大多在烈日下奔波
在泥泞里流浪
只是在风雪里做一步三叩的
朝拜者太少
跳楼的自残的，各有几许
我还爱过那些
在白天黑夜里逃命的猎物
在干涸河床里暴毙前的鱼虾

我不曾恨过的伪君子们
则在大庭广众之下装高潮
我替他们心生愧疚
无颜吟诵仅存的那一丁点理想

想到未混迹他们其中，想到

能和自己的涂鸦之诗

一同心跳和欢喜

就心生一丝安慰。想到

还能陪它们终老，又心生一丝幸福

年的欢乐

四世同堂。看着一年比一年
大的院落，92岁母亲的额头上
"幸福"二字越刻越多
只是94岁的父亲
永远与一堆枯草为伍
母亲说，她在替父亲活

有时，一想到躺在
西山坡的父亲
母亲和我们，会各自沉默
还好，年的欢乐
让这沉默瞬间流逝
刘家大院仍家长里短不断
欢喜不断。我们不能老是用泪水

抚慰哀伤，鲜艳地活
才无愧于母亲给予我们的生命

味道

一大堆木炭火，温暖着旧事

我们围在梁家塆仁华表叔家地坝中央

旺旺的火照映在脸上

凛凛的寒风

此时被火，——抵销

他拿来一大堆红苕放在火堆里

几个大娃细崽不停捣鼓着

被呛得泪流不止，欢喜不止

粑糯的红苕捧在手里咬在嘴里

蜜蜜甜。只是这味道

远比不了年少时在梁家塆

每次饿得左右摇晃时

外婆递过我的那个烧红苕

那时，一个红苕拥有

一条命生与死的全部意义

第八辑

疼痛太轻，无颜悲伤

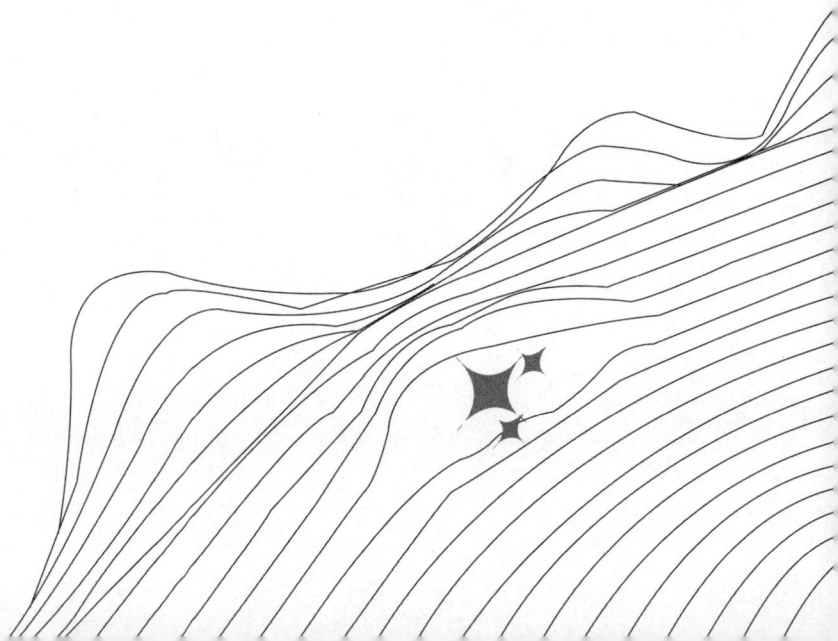

写给文君的三行情书

我是凤凰船上一块木

我是凤凰湖里凤凰船上一块不朽的木
枕着你，一生念叨《白头吟》
也枕着司马相如一世苦弹的"凤求凰"

唯一

那些美人都是虚的，你才是唯一
被时光留住而又点燃的
一朵大过万千个春天的桃花

芳华绝代

生生世世太长，芳华绝代太短
留给后人的
是心跟着醉，魂跟着去

疼痛太轻，无颜悲伤

我的太多赞扬山河之诗
实在虚无。我的
风花雪月之诗，愧对苦难的人间
愧对这个寒冬
被一条铁链锁住的女人

小时候，每当我唱《国际歌》
心就狂跳，泪流满面
仿佛是感同身受的苦命人。仿佛
看到了天亮。仿佛幸福
已溢漫至受苦受难人的脚下

今天，见满目的春暖花开
见好多衣着光鲜的人。只是

面对那个呆滞的女人

我疼痛太轻

无颜写"悲伤"二字

冬尽春来

傍晚，见独坐独唱的朱淑真
弹一手好琴，正泪洗残妆
吾心痛，迎上去递了一杯薄酒……
还是傍晚，撞见
鱼玄机给温庭筠吟哦《梦江南》
"千万恨，恨极在天涯……"
哎呀呀，吾对鱼玄机道，妹妹也
冬尽春来，休要爱生恨!
正规劝着，忽闻咣当一声
陡见她被腰斩两段。吾大惊
梦醒。浑身大汗

想起那年吾曾对初恋曰：已在身体里
根种激情和狂野。她说她亦爱如潮

心田盛满月光，正荡漾一塘
爱的涟漪。她还讲到路遥知马力……

后来，她却偷偷嫁了别人。后来
吾就在临水而居的屋前栽了一棵树
现在它茂盛遮天，正为吾等
一生钟情的落水之人，招魂摇魄

临水植一棵树

某日，见一前朝发髻高束的女子
款款行来与我为邻
某日，我给宋朝的朱淑真作诗写词
她正弹一手好琴，泯灭千愁
某日，我又与晚唐的鱼玄机，谱写
一段现代同古代的忘年之爱
……咣当一声，梦醒。惊悚

你曾对我说过：假如能在
身体里根种不安和忐忑
根种不可言状的玄幻和狂野
那一定是爱情。你还说
让我们爱如潮吧，让彼此
心田都开满荷花。用借来的一片

月光，溢漫那一塘爱之水

我只想给你说：让我们种一棵
爱情之树。须临水而植
待它长成参天大树之后
专为那些相爱又不能相拥的
灵魂，指路

可怜我们都太小，翻不起一丝波浪

我短暂的一生
如茶：浮过。沉过

它们漂在杯中
如我异乡漂泊不定的生活
要命的是
这一上一下的浮和沉
这无声的碰撞
犹如年轻时的我，左冲右杀

可怜我们都太弱小
一生
翻不起一丝波浪

我在这浮和沉里，消耗着光阴

它们在杯中次第立起时
像着绿衣披晨露的茶姑，有
云朵般的柔美和韵味

这些漂浮的精灵
时而像先贤志士，舞文弄墨
时而像武夫，狂舞
刀枪剑戟。时而像驯服的
良民，一生沉默

我在这浮和沉里，消耗着
阳光。雨露。春风
在这浮和沉里
观红尘热闹，江河奔涌
看三千青丝变霜雪

我这一生，都像在品茗

喜欢一个人品茗。有时在清晨

更多是在黄昏，面向落日

这时，会眯着眼睛

一声接一声地"咻"——

让茶香，缓缓地进入嘴，舌，喉，肺

人亦随之飘飘然，坠入梦境。梦里

拉一些落魄书生

烫酒，吟诗，唱词，弹琴

多数时日在梦里

是同穷苦兄弟抱团，专干

杀富济贫，保家卫国的大事

梦醒后，常盯着色淡无味的茶叶

暗自神伤，我吮吸过它们

又不得不弃之，将残茶
——倒在栽培的
山茶、杜鹃、米兰的花坛里。我揣度
这些无助的事物，来世会不会
反过来投胎，也做吮吸之人

三合湖

我还是喜欢那些白鹭掠过你湖上的
画面,喜欢那一长一短的蝉鸣
在你湖边树上震颤

站在高耸的石拱桥上
能眺望到西边
明月山上层层叠叠的青烟
抚慰我烟火气的小城

走进廊桥,像回到江南
在荷花池,那些
叫荷花的女子
随风,一浪一浪,荡着

站在你面前，我已深谙你的
仁爱，你曾是我无忧无虑的
少年。我害怕失忆，所以
极力要抵达你

今天，一个恨意全无，浪迹天涯的
人，只身前来你这里
望天，望水，思过
浸润干枯之躯

一个归来的故人

小时候，不懂爱，不知书中
黄金屋，颜如玉，只晓得
一到夏天，就在你怀里荡漾

现在的爱，好多。家人的爱
一直在心中，只是
山河的爱，大得让我承受不起
而先人的爱，早已走远

一个归来的故人，忘不了的
恰恰是小时候，你陪我
度过的那些饥馑之日
和你平静的爱如水，它们恰恰填补了
我异乡的破碎、空缺、光芒

你是我的湖泊，也是我的大海
今天，真羞愧
还残留在我和恋人身上
那一点点海枯石烂的誓言

我是你湖边那个打坐的人

傍晚，黄昏倾泻进湖里
那些蜻蜓随风划过寂寥的湖面
此时，有微微的凉意
适合打坐。我是那个
坐在你湖边柳树下打坐的人
是那个和你一样
曾经青涩过，弱小过的人

那时，常常扑进你怀里
一次一次练习爱你
现在，我这个异乡归来的
白头人，动作迟缓
仍在练习吟咏，练习慢慢爱
把爱你
当成后半生一件大事

我这一生，都在不停地告别

当年离别的少年已成老朽
坐在你身边叙叙吧，不说
漂泊之苦。只叹息
此生，还未遇到
一个真正能做过命兄弟的人

94岁的父亲走了，91岁的母亲
依旧在桂溪河畔顶着家和天
子女们都有了奔命之途的力气
我用一生的努力，在靠近诗和远方

你我是故旧，我要为你写诗
且用尽一生学来的形容词
要回来与你为邻，每天在湖边

晨读。漫步。品茗。看日出日落
好好活满余下的光阴

我这虚空之身

一天比一天空。空得连天上
所有的鸟鸣和风声，地上
所有的呜咽和泪水，都盛得下

我常在这空里
写下一缕缕黄昏和一轮轮落日
支撑一颗悬着的心

在这颗空洞之心坠入湖底之前
写下微微的醉，写下
醉之前的贪杯
写下唯唯诺诺病态的我。写下
醉酒后窜出来的那个
手起刀落的英雄，写下

他拯救世界的壮举
写下敌人对他使的无数手段

这世界美得仅够盛在我一首
行将死去的诗里。而我
这一副虚空之身，实在无力
披起一件"华丽"的道袍

落叶也载有落日的光辉

望郎女峰山脚下
堆积那么多的落叶
少数是刚从树上掉下的
有的已腐烂发黑还有难闻之味
刚掉下来的则有树的清香

来这里的游人
一边欣赏望郎女峰
一边感受望郎女千年的痴情
我也仅仅是感慨

朝阳的光明和落日的余晖
洒在游人和望郎女峰身上。洒在丛林，山涧，花草
丛里

洒在野禽和蝴蝶身上，洒在
潮湿的苔藓和落叶里
均匀得不分彼此，贵贱，卑微

后记

　　一直在犹豫，该不该出这部诗集，我忐忑不安了很久。人生苦短，沟沟壑壑也多，活着很难，我没留下多少值得纪念的东西。

　　这大半生，见过太多浮云，也在黑夜里行走多年，好多磕磕碰碰的，令我欢喜的事不多。曾有几件光明的事，虽鸡毛蒜皮，不曾光宗，不曾耀祖，但磊落又磊落。只是我写的虚无之诗，尽是空山空水，在生活这本书里，晃来荡去。这尘世总是好人多，有恩于我的好人，我都一一铭记在心，于是我在黑夜的寂静里，写月亮之诗，写下苍穹里的星星，它们照耀我。感谢半壁残山剩水，它们全是亲爱的，足够我余生回味。

　　在习诗的路上，也有不少好人给予我帮助，我一生都会铭记。借此机会，要感谢著名军旅诗人、作家、书法家丁小炜先生为这本小诗集题书名。

这个集子里的一百余首诗，是从我近三年的三百余首新作中筛选出来的。集子中的这些诗，尽管依旧稚嫩，但它们曾让我感动过，泪流过，它们是我这三年来的心路历程。我把它们放入《微尘里的星空》，算是给自己一个交代，也是给自己一个安慰。

我非常赞同这么一句话："没有生活就没有诗歌。"真正的诗歌要"吹糠见米"，写诗者一定要在场——在生活现场。这些年，真要好好感谢那些坡坡坎坎，风风雨雨，雷霆闪电，感谢那些给我爱恨情仇的人……感谢生活对我的厚爱。

《微尘里的星空》这个集子里的诗，由我自己选诗编排，共有八辑，前前后后劳神费力，整整编辑了一个月。由此我想到，我的前两部诗集《身体里的铁轨》《酒杯里的马蹄声》是由好友张乾东先生帮忙选诗编排的，花费了他许多心血，今天借此机会，衷心感谢他。

2023年8月1日　成都